転移先は薬師が少ない世界でした6

登場人物紹介
スミレ
神獣であるクイーン・スモール・デスタイラント。
リン（鈴原優衣《すずはらゆい》）
神様のうっかりミスで異世界に転移した元OL。
チートなスキルを活かし、薬師としてポーション屋を営んでいる。
アントス様
ゼーバルシュの神様。
うっかりものだが、
たまにスパルタになる。
ラズ
神獣である
クラオトスライム。

ユーリア
グレイ
『フライハイト』の元メンバーである夫婦。
リンのことを妹のように思っている。
エアハルト
『フライハイト』のリーダー。
リンのよき理解者で、恋人。
ソラ
ユキ
シマ
太陽の獅子《ソル・レオン》と
月の獅子《ルナ・レオン》の家族。
レン
ロック
ロキ
神獣である星天狼《シリウス》と
フェンリルの親子。

プロローグ

リンこと私——鈴原優衣《すずはらゆい》は、ハローワークからの帰り道、アントス様という神様のうっかりミスで、異世界——ゼーバルシュに落ちてしまった。

日本には戻れないことを聞いた私は、アントス様からお詫びに授かったチートな調薬スキルを活かし、薬師としてポーション屋を営むことになったのだ。

異世界に来てから一年以上が経ち、みんなとの素敵な出会いのおかげで楽しくも充実した日々を送っている。

私の従魔《じゅうま》になってくれたクラオトスライムのラズに、クイーン・スモール・デスタイラントのスミレ。

星天狼《シリウス》とフェンリルの親子であるロキとロック。太陽の獅子《ソル・レオン》と月の獅子《ルナ・レオン》の家族である、レンとユキ、シマとソラ。

それから、私の良き理解者であるエアハルトさんがリーダーを務める『フライハイト』に、ドラゴン族のヨシキさんがリーダーを務める『アーミーズ』のみなさん。

最近では、卵が欲しくてココッコを購入したのに、いつの間にか従魔たちの眷属《けんぞく》になっていて卵を産まなくなったり、進化して珍しい種族になってしまったりと頭を抱える出来事が起きたりもした。

そして一番びっくりしたのは、日本にいたときですらいなかった、恋人ができたこと。

なんと、エアハルトさんに告白されて、恋人同士になっちゃった!

嬉し恥ずかしな気持ちで、ゼーバルシュに来たときはそんなことになるとは思わなかったよ。


収穫祭が終わり、そろそろ冬支度を始めないとなあ……と考え始めた矢先の、とある休みの日の早朝。

「リン、悪いけれど教会に来て」

そんなアントス様の言葉で起こされた。

なんだか焦っているように聞こえたから首を傾げる。

今日は従魔たちや眷属たちと一緒に薬草採取に行くつもりでいたんだけど、アントス様の様子がおかしいことが気になった。なにかあったのかも……と内心で気を引き締めつつ、教会が開く時間に合わせて全員で出かける。

そして祈り始めるとすぐに呼ばれた。

「おはよう、リン。突然ごめんね」

「おはようございます、アントス様。どうされたんですか?」

「うん……リンに話しておきたいことがあるんだ。もちろん、同じ話をアイデクセ国王や、他国の王にもするつもりでいるけれど、それはリンがきちんと作れるかにもよるかな」

「作れる？」

意味不明です、アントス様。

アントス様の物言いに不安になりつつも、一旦落ち着いてもらい、詳しい話を聞くことに。

「実はね――」

アントス様いわく、確定ではないけど可能性として、様々な国で複数同時にスタンピードが起こるかもしれない、とのことだった。しかも、アイデクセ国は王都とタンネの街のダンジョンで起こり得る可能性があるという。

「え……それって、大事《おおごと》なんじゃ……」

「ええ、大事《おおごと》です。特に上級ダンジョンから起きるスタンピードは……」

「ええっ⁉」

それは大変じゃないか！

可能性だと言っているから確実ではないってことなんだろうけど、アントス様は楽観視はできないと顔を顰めていた。

「今から手を打てば、なんとかなるダンジョンもあると思いますが……どうにもできない場所もあるんですよね」

「それはどこですか？」

「タンネの町の中級ダンジョンです。リンはあの町がどういった場所なのか、よく知っているでしょう？」

「はい」

私がこの世界に来たばかりのころのタンネの町は、差別が酷かった。それが原因でダンジョンの攻略が遅れていると、エアハルトさんが出会ったときに言っていた。

そんな状態の町がタンネ以外にもあるとアントス様がぼやいていることから、不安にしかならないよね。

他の町にあるダンジョンは、まだ毎日冒険者が潜ったり、騎士たちが魔物を間引《まび》いたりしているから、それほど深刻ではないんだって。

だけどタンネを含めたいくつかの町はランクの高い冒険者たちを差別している。そんな町に長居する冒険者は少ないだろう。

そんな状態だから冒険者も中級の途中までしか潜れるような人しかおらず、どうしても魔物の数が増えてしまっているという。

おおう……それはマジで大変じゃないかー！

なにをやっているんだろう。あれから一年以上たつのに、まだ改善されていないの？

それとも、今までのことがあるからと、上級冒険者が行っていないのだろうか。

それは私にはわからないことだから横に置いておき、アントス様の話に集中する。

「でね、リンにはエリクサーを作ってほしいんだ」

「エリクサーですか？　確かにアントス様に教わったから作れますけど……」

「うん。だけど作ってほしいのは、低いレベルのものなんだ。もちろん高いレベルのものも必要だけれど、低いものも必要でね。いつもの作り方とは違うから、慣れるまでは大変だと思うけど……」

「低いもの……。それはダンジョンのランクによって分けるってことですか？」

「当たり」

なるほど。確かに、中級ダンジョンに潜る冒険者に効果の高いポーションを渡すのは、考えものだ。見慣れないランクのものだからと奪い合いのケンカになっても困るというか危険だろうし、転売されないための措置でもあるんだろう。

そもそも、私にできるんだろうか。魔力のせいで効能が高くなってしまっているから、それを抑えないといけないってことだよね。慣れるまでにどれくらい時間がかかるんだろう？

それに、いつスタンピードが起きるんだろう？　そっちのほうが心配だよ。

できるかどうかの不安について自分の気持ちをなんとか落ち着かせるしかないが、その前にどれくらいの時間があるのか、聞いておかないと。

「スタンピードはいつごろ起きそうなんですか？」

「僕の予測だと、来年の春から夏にかけてだけれど、それだってどうなるかわからない。だから早いうちに神託として各国に通達するつもりではいるよ」

「そうですか……」

「だから、リンにはそれまで、お店が休みのときは毎回ここでユリクサーを作ってもらうよ？」

「うぅ……わかりました。不安しかないけど、頑張ってみます」

「ありがとう！」

安堵したように微笑んだアントス様。

とりあえずということで、滅多に作ることのないエリクサーを調合してみる。万能薬以上、神酒《ソーマ》以下の数の薬草を必要とするので、エリクサーは上級ポーションに分類されるのだ。

そんなエリクサーは、欠損部分を治したりはできないけど、怪我が一瞬で治り、ＭＰを完全回復してくれるポーション。

今現在作れる人はいないしダンジョンでしか手に入らないから、神酒《ソーマ》ほどではないにしろ、値段もそれなりにする。

「アントス様、材料はどうしたらいいですか？」

「それは僕が用意するよ。そのほうが効率がいいからね」

「そうですね。あと、神酒《ソーマ》と女神酒《アムリタ》は必要ですか？」

「うーん……神酒《ソーマ》は必要になるけれど、女神酒《アムリタ》はねえ……」

アントス様と話しているからなのか、すんなりと女神酒《アムリタ》と言えた。女神酒《アムリタ》は神酒《ソーマ》と混ぜることで、死者を生き返らせることができるポーション――復活薬《リザレクション》になるのだ。神酒《ソーマ》はともかく、女神酒《アムリタ》はめったに手に入らない代物だから、神酒《ソーマ》と混ぜてみようとする人はいなかったそうだ。

でも念のためどこかでポロッと口にしないように、私は女神酒《アムリタ》について話せないように制限がかかっている。

アントス様はとても悩んでいる。スタンピードはとても危険なものだから、国によっては多くの死者が出るかもしれない。復活薬《リザレクション》があれば救うことができる命は増える。人々の安心材料にもなるだろう。アントス様のことだから、私が復活薬《リザレクション》を作れると知られてしまうと、危険な目に遭うと考えているんだと思う。

私も、復活薬《リザレクション》を手にしたら使ってしまうかもしれない。

だけどそれは神の領域のことだし、私が命を救うのは違う。それはとても傲慢なことのような気がするから。

まあ、復活薬《リザレクション》は適正販売価格が一本九千五百億エンという、国家予算並みの超高額商品なので、個人どころか国ですら買えない代物だけど。

「うん、女神酒《アムリタ》を作るのはやめようか。そこは僕がなんとかするから。そもそもそれが僕の仕事だからね」

だいぶ悩んでいたアントス様だけど、自分の仕事だと言い切ってくれたことにホッとする。

「わかりました。なら、エリクサーと一緒に神酒《ソーマ》も作りますね」

「頼むね。それもここで作ってもらうよ」

「はい」

どれくらいの本数が必要になるかわからないけどアントス様がいいというまで作れというんだから驚くと同時に、不安もある。

「……そんなに必要になるほど、怪我人が出るってことですか？」

「ああ。リンがいる大陸だけじゃなく、世界規模になりそうだから」

「ええええっ⁉　そういうのはもっと早く言ってくださいよ！」

「まだまだ先のことだし、数が足りないってわかったらここに泊まって作ってもらうから。たぶん大丈夫だと思うよ？」

「な、なんてお気楽な……」

さすがは残念な神、アントス様。しっかり神様してる！　って感動したのに～！

本当に不安しかないんだけど！

いざとなったら、アマテラス様やツクヨミ様に愚痴らせてもらおう。

「あと、全ランクの冒険者に攻略されていないダンジョンの踏破《とうは》をお願いすることになると思う。それは薬師といえど、神獣を従魔にしているリンも含まれることだから、覚えておいて」

「はい」

「場合によっては、現地でポーションを作ることになるかもしれないから、その分の材料はできるだけ貯めておいてほしい。もちろん、僕も用意するからね」

「わかりました」

じゃあやってみようかと言うアントス様に従い、まずは道具を使って薬草をすり潰す。滅多に作らないポーションだったこともあり、レシピを覚えているかどうか不安だったのだ。

なので、スマホにレシピを表示しつつ、わからなければアントス様に聞いて、その場で材料をすり潰したり切ったり、効能を抽出したりする。

私が作業している間はみんなが暇になってしまうけど、どうしよう……と思っていたら、アントス様が影の魔物を作り出して戦闘訓練をさせていた。

おおう……

苦笑しつつもこれなら大丈夫だろうと思い、しばらくエリクサー作りに集中する。

最初にできたエリクサーのレベルは五。

「一応できましたけど、これだとレベルが高すぎますよね……」

「そうだね。だけどこれも必要だから、そのまま取っておくよ。じゃあ、次はこれよりもレベルの低いエリクサーを作る練習をしようか」

「はい」

アントス様がまずは込める魔力を減らしてみようかと助言してくれる。だけど、いつもと違ってうまくいかない。

レベル一を作らなければならないのに、何度やってもレベル五か、低くても四しか作れないのだ。

難しいーー！

そんな私の様子を見たアントス様がまた助言をくれた。

「【風魔法】を使う要領で試してごらん？」

「【風魔法】……ですか？」

「ああ。魔導師に教えてもらったでしょう？」

アントス様の指摘に、アベルさんに教わったことを思い出す。

目を瞑り、体の中を巡っている魔力を感じ取って循環させる。それから水道の蛇口《じゃぐち》を捻るように、少しずつ外に出すという方法だ。

そのやり方を思い出しながら、少しずつ魔力を出してエリクサーを作る。

だけど……

「難しいーー！」

「そんな簡単にできるものじゃないからね、レベルダウンしたものって。この場所ならいくらでも練習ができるから、頑張って」

「はい」

自分自身を【鑑定】すれば、どのくらいの魔力が自分に残っているか数値で見ることができる。

エリクサーを作るたびに確認すれば、使用した魔力量を把握することもできるんだけど……とにかくその匙《さじ》加減が難しい。

普段どれくらいの魔力を使っているか意識せずにポーションを作っている弊害らしいけど……私はアントス様の影響で保有する魔力がとても多い。だから、魔力切れを起こすことは滅多にないし、魔力が少ない人のように魔力を節約する意識が欠けているんだよね。

今までは感覚的に魔力を使ってポーションを作っていたけど、今回に関してはそれではダメなのだ。なのでとても苦戦している。

それに加えて、どのレベルがどれほどの魔力量が必要なのか数値として伝わっていないから、手探りで探すしかないのが現状だ。

アントス様は知ってるみたいだけど、にっこり笑うだけで教えてくれない。自分で正解を当てないと身に付かないから、できるだけ早い段階で見つけようと思っている。

まあ、そんな事情は置いておくとして。

根を詰めてもすぐにできるわけではないからと、今日は魔力がなくなる寸前まで練習をさせてもらったあと、持っていたハイパーMPポーションで魔力を回復してから、神酒《ソーマ》とレベルの高いエリクサーを作った。

そして従魔たちと眷属たちはといえば、思う存分暴れたことで満足したらしく、ダンジョンでは採取を優先しようと言ってくれた。まあ、ほぼ一日中暴れていたら満足するよねぇ。

ダンジョンに行くのは薬草採取や食材確保のためでもあるので、行かないという選択肢はないらしい。そこはしっかりしている従魔たちと眷属たちだ。

レベルもかなり上がったらしく、その恩恵でまったく戦っていない私までレベルが上がったんだから、乾いた笑いしか出なかった。


その後、寝ていない状態でダンジョンに行くのは危険だからと、その場で仮眠を取らせてくれたアントス様にお礼と感謝を伝え、地上に戻してもらう。アントス様と一緒の作業は不安しかないけど、薬師として依頼された以上、頑張るよ。

そのまま特別ダンジョンに向かい、薬草や食材をたんまり採取してきたのだった。

第一章　王宮からの呼び出し

アントス様に呼ばれてからなんだかんだと日にちが過ぎた。西地区担当の騎士であるローマンさんとトビーさんが、風邪薬と解熱剤の依頼に来た数日後。

薬を取りに来た二人に、母と一緒にそれぞれ依頼された量の薬を渡す。

今日のトビーさんはオネェ言葉じゃなくて新鮮！　イケメンな容姿と相まって、とっても素敵です！

そんな私の内心はともかく、二人を母や従魔たちと見送り、ほっと息をつく。

「今日は暇ねえ」

「去年も今ごろはこんな感じでしたよ？」

「そうなのね。まあ、もうじき冬だもの、雪が降らない国や大陸に行く人も出てくるでしょうし」

「ですよね〜」

全員ではないけど、寒いのが嫌だからと暖かい場所に移動する冒険者がいる。一方で、雪が降ってもこの国に留まり、ダンジョンに潜る冒険者もいる。その人の生活スタイルがあるということなんだろう。

だけどアントス様の話を聞いてしまっているから、冒険者が減るのは気が気じゃない。特に、どこの上級ダンジョンがスタンピードを起こすのかわからないから、心配なのだ。

「それにしても、今日はやけに寒いわねぇ……」

「暖炉の火を大きくしますか？」

「お願い」

ここ数日は朝晩が寒くて暖炉に火を入れていた。といっても炭を入れただけで、薪をくべたわけじゃない。

だけど今日は曇天《どんてん》なこともあり、底冷えする寒さなのだ。炭火があるとはいえ母は寒かったみたいで、私の提案にすっごく嬉しそうな顔をして頷いた。

母に店を見てもらっている間に薪を取りに行き、店内の暖炉にくべる。ついでに寝室とダイニングにも薪をくべたら、寒がりなレン一家が喜んだ。

〈寒かったから嬉しいにゃー〉

〈ほんとにゃー〉

〈ぬくぬくできるにゃー〉

〈ごろごろできるにゃー〉

「ちょっと、最後はどういうことかな？」

店番ではないからとベッドの上で丸くなっていたレン一家。最後はソラがぐうたらなことを言ってつい突っ込んでしまった。

まあ、猫科の魔物だから仕方ないかあ……と苦笑し、ついでにチャイを入れて母に持っていくと、これまた喜ばれた。本当に寒かったみたい。

私はスミレが織った布でタンクトップを着ていたから、気づかなかったよ……。悪いことをしちゃったなあ。

ゆったりと流れる時間だけど、母とポーションの話をしているとあっという間にお昼になってしまった。結局冒険者が来たのは五組だけで、ずっと暇だったのは言うまでもない。

両親やリョウくん、従魔たちや眷属たちとお昼を食べたあと、庭に出て薬草のお世話をする。そろそろビニールシートもどきをかけないとダメかなあ。

「ロキ、そろそろ雪が降る時期がきてるけど、いつごろ降ると思う？」

〈ふむ……。森の魔物たちの様子から、早ければ今月末には降ると思うぞ？〉

「おおう……あと一週間もないじゃん！　やっぱ早めにシートを被せないとダメかもしれないね」

〈そのほうがいいだろう〉

「じゃあ、そうするね」

まさか、去年よりも半月早く雪が降るかもしれないとは思わなかった。ロキはこういった天気予報みたいなことが得意だから、いつも聞いているのだ。

従魔とはいえ野生の勘というか長年の経験というか。とにかくロキの的中率はとても高いので、ライゾウさんに作ってもらったフロッグのシートと、去年使った布を持ってきた。

ライゾウさんいわく、先に布を被せてからシートをかけてあげるといいそうだ。そうすることで雨や雪避けになるし、シートをめくったときに風通しがよくなるからなんだって。

ビニールハウスではないから、簡単にめくれるしね。その前に、湾曲《わんきょく》した金属を枯れやすい薬草が植えられている場所の土に刺し、その上に布をかける。それからシートだ。

「リン、なにをしているの？」

母が声をかけてくる。

「越冬用のシートかけです。去年は布を二枚使って越冬させました」

「あら、それはいいわね。布はなにを使ったの？」

「スミレが織ったものです」

「あら……」

神獣になる前のものとはいえ、布の質からいうと伝説《レジェンド》や遺物《エンシェント》クラスのものだ。それを惜しげもなく使っているんだから、驚くよね。

母も今年はライゾウさんにシートを作ってもらったそうなので、「重宝しそう」と喜んでいる。

特に父が使う薬草は本当に枯れやすくて、ドラール国にいたときはかなり苦労して越冬させたらしい。

両親やラズが手伝ってくれたことで、予定よりも早く終わったシートかけ。お礼に晩ご飯をご馳走すると言えば、喜んでくれた。

今日は寒い。白菜を手に入れることができたし、豆腐も魚介類もあるから、寄せ鍋にしよう。

午後もぽつぽつと冒険者が来たけど、一時間に一組か二組といった具合で、忙しいというわけじゃなかった。去年もこんな感じだったよなあ……と遠い目をしながら、いつ風邪薬や解熱剤が配布されてもいいように、カウンターの上に場所を作っておく。

早すぎるかとも思ったけど、来てから慌てるよりはいいからと棚を整理したり、母や従魔たちと話したりしているうちに、閉店時間。

閉店作業を終わらせて、両親とリョウくんを二階へと案内する。そして寄せ鍋を作って和気《わき》藹々《あいあい》と食事をしながら、夜は更けていった。


翌日。かなり寒い朝だった。

ゆうべは夜になってさらに寒くなったから暖炉に薪を入れて、尚且つ加湿器代わりに水を張った鍋も置いて寝たんだけど、正解だ。それに、早めにシートを被せたのも正解だったよ。

そこはロキに感謝だ。

寒いからなのかレン一家とスミレの動きが少し鈍いけど、室内は暖かい。さっさと起きて身支度や神棚にお供えをしたり、朝ご飯を食べたり洗濯したりと、家事をこなす。

それが終わればポーション作り。昨日は暇だったから在庫もそれなりにある。食材はどうしようと思ったけど昨日たくさん買ってきたばかりだから、今日の買い物はなし。

庭の確認をしたり落ち葉を樹木の周りに集めたりしていると、エアハルトさんが顔を出した。

「リン、おはよう」

「おはようございます」

誰もいないことを確認したエアハルトさんは、チュッと唇にキスをする。

「もう……」

「久しぶりに顔を合わせたからな。これくらいは許してくれ」

「……はい」

きっと真っ赤になっているんだろうなあ……顔がとても熱いから。

エアハルトさんは時々こうして、隙間を狙うようにキスをしてくる。慣れない私からすると、恥ずかしくて仕方がない。

天然でやっているのか、わかってやっているのか知らないけど、エアハルトさんなりに愛情を示してくれるから、実は私も嬉しかったりする。

外は寒いからと部屋に招いて、さっそくチャイを入れる。

「それで、今日はどうしましたか？」

「おっと、そうだった。優衣、来週は五日間の休みになるだろう？」

「はい」

「今回はその五日間を使って、北のダンジョンに行こうと思って誘いに来た」

「お～。北の上級ダンジョンですよね？　久しぶりだから嬉しいです！」

「だろう？」

チャイを啜りながら来週の予定を話す。

去年はもう少し遅い時期だったけど、ゴルドさんが早い時期に連休が取れるように頑張ったらしく、ご機嫌な様子で休みの予定表をくれたのだ。ゴルドさんは凄腕の鍛冶《かじ》職人で、私の店がある通りの休みのスケジュールを組んでくれているのだ。

まずは来週五日間の休みを取ったあと、三週間後にまた五日間。十三月に入ったらまた五日間の休みと、それぞれの通りが休めるように工夫されているんだって。去年は一番遅い休みだったから、今年は一番にしてくれって他の通りの人に頼んだらしい。

ゴルドさんらしいなあ。

それはともかく、エアハルトさんによると、北の上級ダンジョンに潜り、ある程度魔物を減らしたいらしい。もちろん、薬草や食材もゲットできるチャンスだ。

なので、しっかり頷いた。

「じゃあ、次の休みに、メンバーのみんなで買い出しに出ようか」

「はい。楽しみにしていますね」

私はアントス様のところで、ポーションを作ってからになるけどね！

なんてことは言えないので素直に頷くと、もう一度唇にキスをしたエアハルトさんは、頭まで撫でてから帰った。エアハルトさ～ん、不意打ちはやめて！　と思った朝だった。

そして買い物に行こうと話していた休みの前日。団長さんが来て、『フライハイト』と『アーミーズ』、『猛《たけ》き狼《おおかみ》』と『蒼《あお》き槍《やり》』など、SSランクとSランク冒険者が王宮に呼び出された。

どんな話なのかな？　きっとアントス様がらみだよなあ……と憂鬱になり、内心で溜息をついた。

呼び出されたのは、王宮の会議室みたいな場所。王宮まで行ったあとは、侍従と騎士が付き添って案内してくれた。室内にはSSランクやSランクの冒険者たちが全員集合しているので、とても壮観だ。

みなさん見知った顔ばかりだからいいんだけど……薬師の私がいてもいいのかな？

ま、まあ『フライハイト』での呼び出しなので、仕方がない。両親やライゾウさんたちもいるからね～。私だけじゃないからいいか。

どんな話をされるのか気になっているのか、あちこちで囁き声がする。そのとき扉がノックされ、すぐに団長さんが現れた。それを見た冒険者が全員立ち上がったので、私も一緒に立ち上がる。

その後、近衛に囲まれた王様と宰相様が現れて、全員お辞儀をする。

「楽にしてくれていい」

王様の言葉に全員頭を上げ、王様と宰相様の着席を待ってから席に着く。そして扉が閉められると同時に幾重にも結界が張られ、冒険者たちが少しざわついた。

「すまんな、重要な話であるが故に、結界を張った。他言無用である。話を聞く自信がない者は今すぐ退出してほしい」

王様の重々しい言葉にも、冒険者は誰も席を立たない。さすがです！

「……では、話そう」

そうして宰相様が席を立ち、口を開く。その内容は、私がアントス様から聞いていた話とまったく同じものだった。

冒険者がざわついている中、私はやっぱりか〜なんて思っていたら、王様と宰相様に不審そうな顔で見られてしまった。

ヤバい……やっちまった感満載だよ。

これはあとで個人的にオ・ハ・ナ・シ・コース！　だよね……。あちゃー。

「ご神託を受けたのは陛下です。アントス様のご神託ですので、起こる可能性は高い。ですが、今から動けば未然に防げる可能性もある、とアントス様が仰ったそうです。世界規模であるが故に、アントス様は大変心配しておられた。もちろんこれは我が国だけではなく、各大陸、各国にも話を通達されているようです」

世界規模という言葉に冒険者たちがまたざわついたけど、すぐに静かになる。いろいろ気になるだろうに、質問などは、どのタイミングですればいいかわかっているんだろう。本当にすごいなあ。

「そこであなた方には、王都の上級ダンジョンを中心に攻略してほしい。そして、タンネのダンジョン攻略も。タンネに誰が行くか話し合いが難航するようであれば、こちらで指名させていただくが、よろしいかな？」

無言で頷くみなさん。もちろん私も頷いた。できればタンネには行きたくないけど、依頼なんだからそんなことを言ってられないよね。

「では、質問などあればどうぞ」

宰相様の言葉に、一人が席を立って質問をする。

「今回は王都とタンネだけですか？　他の領地のダンジョンはどうです？」

「他の領地でもダンジョンの現状確認を急がせています。その確認が終わったあとに、各領地にあるダンジョンのランクに合わせ、領主が冒険者を呼ぶ形ですね。今すでに心配なのはタンネのみです。ですから、こちらから派遣したい」

「タンネは初級と中級でしたね。主に攻略が遅れている中級ダンジョンを攻略する、という形でよろしいですか？」

「ええ」

「なるほど。では、どれくらいのチームを派遣するつもりですか？」

「できれば二チームから三チームで、一気に攻略していただきたい」

「ポーションはどうします？」

「それはこちらが用意しようと思っているが……リン、そなたに依頼したい。ここにいる冒険者の分だけではなく、国として必要な分もお願いしたいと思っている」

私の名前が出たことで、全員こっちを向く。私が作るポーションなら安心だと思ってくれているみたいで、質問した人がホッとしたような顔をしていた。

そういう意味では私も安心だよ。とはいえ、アントス様と作業をするのは不安でしかないけどね。

「わかりました。ただ、私も質問があるのですが」

「なんだね？」

「薬草の準備やどのポーションがどれだけの数必要なのかが知りたいです」

「薬草に関してはこちらで用意するが、できればリンや冒険者にも手伝ってほしい。騎士たちだけでは間に合うかわからんからの。本数に関しては、迷っている」

「なぜですか？」

「この場にいる冒険者が、どれくらい必要とするかわからないからだ。それを基準としても、国として必要な本数を見極めたいのでな」

そう言われて納得する。使うのは冒険者だもんね。

「そこは話し合いで決めてほしい。決まったら教えてくれ。用意しよう」

「わかりました」

「では、話し合いをしてくれ。そしてリン、そなたには個人的に話がある」

「……わかりました」

あちゃー！　やっぱり誤魔化せなかったか～。

おいでおいでと手招きされて、王様と宰相様のところに行く。そして団長さんも近くに来ると、すぐにその場に結界が張られた。

「さて、リン。先ほどはどうして驚かなかったのだ？　そなただけが冷静な顔をしておったな」

「それは……」

嘘をついたらバレそうだよね、この三人には。私にはそんな芝居なんてできないし。

私の事情を、正直に話したほうがいいのかな……。どうしようかと迷っていたら、『話しても大丈夫ですよ』と、アントス様の声が聞こえた。

その声を聞いて覚悟を決める。ダメならきっと、アントス様がなんとかしてくださるだろうし。

「それは？」

「……少し前、アントス様から直接同じ内容の話をお聞きして、ポーション作りの依頼を請けたからです。現在もアントス様のところに招かれて、依頼されているポーションを作っています。それも全世界用に、かなりの数を」

「「「なっ……!?」」」

驚愕の顔をして固まった王様と宰相様に団長さん。やっぱ驚くよねえ……と遠い目になる。私だって驚くよ。

「だ、だが、なぜリンがアントス様より依頼をされたのだ？」

「……私が、アントス様のミスによりこの世界に来た渡り人だと言ったら、信じてくださいますか？」

「「「……っ!!」」」

私の話に、三人は絶句している。だけどそこは王様。真っ先に我に返った。

「で、では、リンがいろいろなことを知っているのは……」

「元いた世界の知識です」

「マスクもですかな？」

「はい。ただ、私は詳しい構造までは知りません。なので、自分が使っていたマスクの形状などを思い出しながら、鼻の部分に細くて柔らかい金属を入れてはどうかと提案しました。私がいた世界、というか国では、風邪予防にマスクをしていましたので」

王様の次に話しかけてきたのは宰相様だった。彼も元王族だからこそ、すぐに復活したんだろう。

そして団長さんは。

「リン、兄上は、このことを……」

「知っています。偶然知られてしまった形ではありますけど」

「それはいつ？」

「成長痛で熱が出て、倒れたときです」

「『成長痛……』」

「あー、あのときか！」

微妙な顔をする王様と宰相様に対し、納得した顔をした団長さん。そりゃあ〝成長痛〟なんて聞かされたら、微妙な顔になるよねぇ……

そこからどうしてこの世界とこの国に来ることになったのか、かいつまんで話をする。もちろん私が小さいのは孤児だからとか関係なくて、元の世界でも種族的に小さいことを話した。

孤児だというのは嘘じゃないというのも、この世界に来て、この世界の食べ物を食べたからこそ成長痛が来たことも、アントス様のせいで魔神族のハーフになったことも話したよ。

「苦労、したのだな」

「人から見ればそうなんでしょう。だけど、元の世界はとてもいいところでしたよ？　虐待や、文字を教えてもらえない、なんてことは一切なかったですし、料理や勉強、一般的な常識も教わりましたし、学校にも通わせていただけました」

「そうか……」

痛ましいという表情をした王様たちに、笑顔で気にしなくていいと伝えた。それでも眉間に皺が寄ったままだったけど、宰相様はなにか思いついたのか頷いている。

「改めて、儂らが後ろ盾になっていたのは正解だったな。このことは言わないと約束しよう」

「そうでございますな。我らは充分、リンに助けられているのですから。それではわたくしめも後ろ盾となりましょう」

「ロメオも口外するでないぞ？」

「心得ております」

「ありがとうございます！」

まさか、宰相様まで後ろ盾になってくれるとは思わなかった。宰相様いわく、必要なことだからだそうだ。もちろん、渡り人というのは隠し、神酒《ソーマ》や万能薬、ハイパー系が作れるからという理由にしておこうと言ってくださった。ありがたや～。

そして渡り人のことは、貴族はもちろんのこと、王妃様や王太子様にも言わないと言っていたから、この三人の秘密ということみたい。ポロっと言おうものなら、きっと従魔たちが黙っていないと考えたんだろう。

だって、従魔たちも眷属たちも小さくなっておとなしく私の側にいるけど、今も王様と宰相様、そして団長さんをとーっても厳しい眼で見てるんだから。それに、王様も宰相様も、従魔たちが「やる」と言ったらやることを知っているからね～。

それに、アントス様も黙っていないだろうし。

一通り話したあと、結界が解除される。その後、改めてポーション作りを依頼されたので頷き、冒険者のところに戻って話し合いに加わった。

「結界を張っていたようだが、どんな話をしてたんだ？」

「とーっても重要なお話だったので、それはみなさんにも言えません」

「そりゃそうだな」

「俺たちも言えることと言えないことがあるしな」

「よし。リンも来たことだし、ポーションの数を話し合うぞ」

SSランクのパーティーリーダーであるヘルマンさんとスヴェンさんが中心になって、話し合いをしていた冒険者たち。まずはどこに行くかを話し合う。

といってもだいたいのことは私がいない間に決めたようで、結果だけを教えてくれた。

タンネの町に派遣されるのは『蒼《あお》き槍《やり》』と、『ブラック・オウル』という、全員フクロウ型の魔物を従魔にしているパーティーだ。他にも現地の冒険者パーティーを連れて行くとのこと。

ただ、タンネで買い物をしようとしても、相変わらず差別が酷く買い物ができないかもしれない。なので、食べ物やポーションを買わなくていいように、重量軽減と時間が経過しないマジックバッグをライゾウさんに依頼。

それができた段階で必要なものを大量に調達し、タンネに向かうという。もちろんポーションもそこに含まれている。

「俺たちはハイパー系を三百ずつ、神酒《ソーマ》と万能薬を百ずつあったら安心だと思っている」

「そんなに必要ないとは思うが、念のために頼む」

「構いませんけど、材料はどうしますか？　さすがにその量は、王様たちだけでは準備できないかと」

「俺たちが使う分だから俺たちで採ってくるさ。だから、必要な薬草を教えてくれ」

「といっても、お店にある買い取り表の項目すべてですよ？」

「あ、あんなにかぁ!?」

「そうです。だって、神酒《ソーマ》に至ってはあのすべての材料が必要ですから」

「「「「……」」」」

私の話に、あんぐりと口を開けて固まったスヴェンさんたち。使用する数が多いことと知らない薬草もあるそうだから、困ったみたい。

必要な薬草や素材を書き出して、どれがわからないのか教えてもらうことにした。わからない薬草は、商人ギルドに発注すればいいと話すと、「その手があった！」と喜んでいた。まあ、冒険者は商人ギルドを使うことは滅多にないから、思いつかなかったんだろう。

さっそくスヴェンさんたちが必要としているポーションに使う薬草や素材の種類、数を書き出す。もちろん、王様に渡す分も書いた。

我ながら相変わらず下手糞な字だなあ。だけど、マルクさんと手紙のやり取りをしたおかげで、この世界に来たころよりはマシになった。

おっと、ついでに国が必要としている本数の目安を聞かないと。

「王様、宰相様。国としてはどれくらい必要になりそうですか？」

「ふむ……ハイパー系と万能薬をそれぞれ五千、神酒《ソーマ》は五百でいいだろう。ロメオ、どう思う？」

「それでいいかと存じます。国とは別に騎士団としても同じ数だけ欲しいところですが……」

「リン、できそうか？」

「材料さえあれば」

「そ、そうか」

全国に配布するものだから、それなりに多い。だけど、思っていたよりは少なかった。

アントス様からの依頼に比べたら、可愛いもんです。だからすんなりと返事をしたのに、王様も宰相様も唖然とした顔をして、あんぐりと口を開けていた。

なんでさー？

「他の薬師には、ポーションやハイ系を作らせようと考えている。必要な数的にはそちらのほうが多いからな。リンに作ってもらう分は、あくまでも間に合わない場合の備えだ」

「そうなんですね。わかりました」

国として準備する薬草は商人ギルドに依頼を出すとのことだったんだけど……

結局冒険者が採取することになると気づいたみたいで、この場にいる冒険者に直接依頼していた。もちろん、全員がＯＫしている。

「リン、悪いんだが一緒に採取に行ってくれ。これだけの量を採取するなら、リンがいてくれたほうが効率がいいんだ」

ヘルマンが話しかけてくる。

「でも、お店が……」

「そこはわたしが見ておくわ」

「わかりました、ママ。お願いします。みなさん、よろしくお願いします」

「「「「おう！」」」」

材料の採取のために潜るダンジョンは特別ダンジョンと上級北ダンジョンだ。薬草関連のほとんどは特別ダンジョンで採れるけど、ディア系とベア系は森の中と北のダンジョンにしかいない。森の魔物を狩り尽くすわけにはいかないから、ダンジョンで狩ることになっている。

そして三チームに分かれ、それぞれ分担して採取をすることになった。

誰がどこに潜るかあっという間に決まる。そしてポーションの材料を採取する日にちは結局、私の店が休みの五日間を宛ててくれたから、店を休むこともない。

その代わり、五日間みっちり潜って素材を集めることになった。

はは……どれだけの量が集まるのかな？　ちょっと怖いなあ。

材料が余りそうなら個人的に採取していいと言われたので、頑張って採取しますよ～。というか、みなさん私の扱いがわかってきたようで、私がやる気を出す言葉を使って誘導されたような気がしなくもない。

元貴族だの現貴族だのがゴロゴロいるんだから、敵うわけないよね……と内心で溜息をついた。

ポーションの材料採取についてまとまったところで、タンネ以外のダンジョンの担当も決めた。

特別ダンジョンは攻略したばかりだし、先日『猛《たけ》き狼《おおかみ》』たちが七階の中ボスを倒したそうなので、彼らと『フライハイト』のメンバーで転移陣を使い八階以降を確認してくるそうだ。

もしダンジョンコアを発見できれば、それを壊してくるという。

私は地上に残ってポーション作りを言い渡された。頑張って作りますよ～。

西ダンジョンは四十階まで潜っている『猛《たけ》き狼《おおかみ》』を中心に、三十階まで潜っている数組を交え、合同で攻略することに。北ダンジョンは『フライハイト』と『アーミーズ』で攻略する。

ここは私も参加する予定だ。場合によっては、従魔たちと眷属たちに頑張ってもらおう。もちろん私も頑張るよ。

そしてどちらのダンジョンも、攻略する期間はお正月休みの一ヶ月を利用することになった。私や両親、ライゾウさんやカヨさんとミナさんが、その期間じゃないと長期間ダンジョンに潜れないからだ。

それまでに私は国と冒険者、アントス様の依頼分のポーションを作らなければならない。

まあ、アントス様の分は来年の三月までに作ればいいと言われているけど、それでもなるべく急がなければならないのが現状だ。

うう……忙しいけど、頑張る！

ちなみに、タンネ組が使うマジックバッグはワイバーンの皮を使用することに。その材料もベアとディアを狩るチームがついでに採ってくることになった。

素材が足りないから今すぐには無理だけど、マジックバッグ一個自体は半日あれば作れるんだって。さすがライゾウさんだなあ。

マジックバッグの形は、『アーミーズ』が使っているようなリュック型に決まった。私はごく一般的な形のリュックだけど、『アーミーズ』が使っているリュックは軍隊が使っているような、ポケットが多い多機能リュックなのだ。

実物を見たスヴェンさんが背負ったまま動き、動きをまったく阻害しないことから気に入ったようだ。

タンネ組以外の冒険者たちも「欲しい！」と言い出したけど、それは当面の厄介事が片付いてからと言われて頷いている。

同じリュックが必要かライゾウさんに聞かれたけど、私は遠慮した。私のは【無限収納《インベントリ》】になっているし、アントス様が丈夫にしてくれているから、必要ない。

今後の動きについてある程度決まったので、今度はポーションの納品日を決める。

納品日は、材料採取から帰って来てから、冒険者の分は一週間後、そして国の分はさらにその二週間後にした。それなりに数が多いから、余裕を持って作りたいよね。

そして騎士団の分に関しては中止になった。冒険者が動くので、通常の量で充分だと判断されたのだ。

そういった事情もあり、ポーションができ次第、『蒼《あお》き槍《やり》』と『ブラック・オウル』がタンネに出発。タンネにいるAランク、またはBランク冒険者に声をかけたあと、中級と初級に分かれてダンジョンを攻略するんだそうだ。

もし未だに差別があるようなら、領主と一緒にギルドマスターも交代させるらしい。

「言われたことを守らないのが悪いのですから」

「そうだな。以前から話しておったしな」

「そうでございますね。まあ、ちょうどいいのではないでしょうか。そろそろ引退させるつもりでおりましたし」

「よし、領主の選定を急ごう」

「かしこまりました」

王様と宰相様が物騒な話をしてる。

うわあ……。やっぱ怖いよね、国とか貴族って。

二人の話は聞かなかったことにして、冒険者の話に聞き入った。

話し合ったことを紙に書き、纏めていたスヴェンさんが顔を上げる。

「よし。こんなもんか？」

「ああ」

「質問や不満はあるか？　変えるなら今のうちだぞ？」

周囲を見回したヘルマンさんとスヴェンさん。だけど、誰もなにも言わない。

「……よし。じゃあ、これで提出する」

もう一度どのパーティーがどこのダンジョンで採取するか、そしてどこのダンジョンを攻略するか確認する。特に不満もないようで、全員が頷いていた。

そして、ポーションも一チームの数としては、私が作ったハイパー系と万能薬を百本ずつ、神酒《ソーマ》を十本ずつ配ることに。

他にも国側が、別の薬師のポーションとハイ系を一人二十本ずつ配ると言っている。

かなり多くのポーションを持っていくんだなとビックリしたんだけど、これで、普通の冒険者が実質いつもダンジョンに潜るときに持っていく数よりも少し多い、って程度になるらしい。今この場にいる冒険者たちはとても優秀だから、ケガをすることも少なく、ポーションの消費量も少ないのだ。それに、私の作るハイパー系は一口飲めば傷が治る。他の薬師が救ったポーションで同様の効果を得るには、何本か飲まなきゃいけないんだって。だから本数が多いのか。

なるほど～。そういう話を聞くと、いかに自分がチートなのかと溜息をつきたくなる。神様に感謝しているけど、それとこれとは別問題。

アントス様のバカーーー！

それはそれとして。国に納品したポーションはこの場にいる冒険者に配ったあと、残りをそれぞれの領地の冒険者に配るんだそうだ。各領地でダンジョンを確認して対応してもらうためにね。

タンネほどではないにしろ、攻略が遅れているところがあるから。

領主がその地にいるSランクやAランクに依頼することになるだろうと、王様と宰相様が言っていたけど、グレイさんもやるんだろうね。頑張ってほしいな。

「ポーションに関してだが、俺たちはリンがいるから、他のチームに多く配分してくれ」

ポーションの配分について相談する中で、エアハルトさんが提案した。

「うちにもミユキがいるし、少なくて大丈夫だ」

「いいのか？」

「『いいよな、リン』」

「いいですよ。私は現地調達で作ろうと思えば作れますし」

「そんな簡単にできるもんじゃないだろうに」

「できます。すっごく修行して、職人としてのランクも高いですから」

それだけ伝えると、魔力だけで作れるとわかった人が息を呑んでいた。

「おいおいおい、リンはどれだけの修行をしたんだよ……」

「それはもう、師匠がとても厳しい人でしたからね……残念な人ではありますけど」

「あ～、前も言っていたな」

本当に残念な神様《ひと》だもんね、アントス様は。

「そのくせ、ポーション作りに関してはとても厳しい人でしたから、数年でできるようになりました」

「そ、そうか」

実際は数時間でできるようになったけど、そんなことは言えないので数年だと言った。だけどよっぽど私が変な顔をしてたんだろう……可哀想な子！　って顔で見られてしまった。ぐぬぬ。

話し合いも終わり、議事録《ぎじろく》というか証拠というか、話し合って決まったことを書いた紙にもう一度目を通したあと、宰相様に提出するヘルマンさんとスヴェンさん。宰相様は確認をしたあと、王様に渡していた。

それを見た王様がひとつ頷く。

「ご苦労であった。他言無用だ、重々頼む」

『御意』

返事をしてからおじぎをする冒険者のみなさんと私。そして結界が消され、王様たちが退室すると、私たちも王宮をあとにする。

王宮を出ても、誰もなにも言わない。話しても各ダンジョンの情報やダンジョン内にいる魔物の攻略方法についてなどだ。

特に特別ダンジョンについてはみんな知りたがっていて、六階以降はどんな魔物が出るのかを攻略した人々に聞いている。もちろんそれらの情報はギルドに渡しているから、基本的なことはみんな知っていると思う。

だけど直接戦った経験者がいるんだから、彼らから聞きたいというのはとてもわかる。生きた情報が大事だって知っているんだろう。

本当にすごい人たちばかりだよね。

西地区だけじゃなくて他の地区に住んでいるSランク冒険者もいることから、辻馬車乗り場で別れる。

手を振って別れ、それぞれの拠点近くに帰ってきた。

第二章　薬草採取

西地区に帰ってきたはいいものの、お昼近くまで話し合いをしていたからご飯を食べていない。お腹がすいた……と思ったときには、キュルル～と鳴ってしまった。

うう……恥ずかしい！

「ははっ！　途中でなにか食べていくか」

「それはようございますね！」

「わたくしもお腹が……あっ」

「ナディ嬢もこの通りですし、どこかに寄っていきましょう、エアハルト様」

「ああ、そうしよう」

お腹を鳴らした私とナディさんのために、エアハルトさんとアレクさんがどこかで食事をしようとお店を探してくれる。全員従魔たちがいるから、入れるところは限られてくる。

どうしようか……と思っていたところで目に入ったのは、『ポルポ焼き』の文字。

「あ、エアハルトさん、ポルポ焼きはどうですか？　ここなら拠点に持って帰って食べられますよ？」

「ん？　お、あのときのか！」

「エアハルト様がお土産にとくださったものですよね？　とても美味しゅうございました」

「ええ、兄様のお土産はとても美味しかったですわ。わたくしもポルポ焼きがいいですわ！」

アレクさんとナディさんも賛成してくれた。

ポルポ焼きを食べることになり、みんなでのぼりが出ているお店に行くと、そこにいたのは、以前屋台をしていたお兄さんたちだった。

「お兄さんたち、こんにちは。お久しぶりです！」

私が声をかけると焼いている手を止めるお兄さんたち。私とエアハルトさんを認識すると、目をみはったあと破顔した。

「ん？　おお、あのときのお嬢ちゃんと兄ちゃんやないか！」

「えらい久しぶりやなあ！　元気にしとったか？」

「元気でしたよ～！　ここにお店を出したんですね」

「おお！　つい先日出したばかりでなあ」

「買《こ》うてくれへんか？」

「「「「もちろん！」」」」

四人一斉に返事をすると、お兄さんたちが笑った。安心していられるのも今のうちだけだよ～？

そこから注文ラッシュでした！

エアハルトさんがララさんたちのお土産込みで十個、アレクさんとナディさんが五個。私は二十個。もちろん全員、従魔たちや眷属たちの分を含めての数だ。

それを聞いたお兄さんたちの顔が引きつっていた。

「ははは！　相変わらず豪快やなあ、お嬢ちゃんは！」

「おおきに！　頑張って作るで！」

「ちょっと待っとき」

「すぐに作るさかい」

少しストックがあったけどそれでも足りないからと、どんどんポルポ焼きを作り始めるお兄さんたち。タネを鉄板に入れるとじゅわっと音がして、表面が焼けてくるといい匂いが漂ってくる。

タネの状態を見てポルポを入れ、包み込むようにくるくるまあるくしていくお兄さんたち。その作業を見ているだけで楽しい。

あ〜、この匂い、本当に懐かしいなあ。お好み焼きもそうだけど、粉モンが焼ける匂いってたまんないよね。それはこの世界も同じみたいで、匂いにつられてお客さんが覗きに来ている。

そしてくるくると回す作業を見ていた子どもたちが楽しそうにはしゃぎ、大人たちがちらほらと並び始めたころには、私たちの分が焼き上がる。

おお〜、早い！　そして今回もおまけをくれました！

「たくさん買こうてくれたからサービスや」

「わ～！　ありがとうございます！」

「また来てな！」

場所を覚えたから、何度でも来るよ！　そのうちお好み焼きも食べたいなあ……と思いつつ、拠点に戻る。

全員でアツアツのポルポ焼きを堪能していると、ダンジョンと私のポーション作りの話に。

「リン、王宮で言っていたのは……」

「もしかして、リンは魔力だけで作れますの？」

アレクさんとナディさんが尋ねてくる。

「はい、作れます。ご飯を食べたら、目の前で作りますね」

「あと、ナディ嬢にもリンの話をしたいのです。よろしいですか？」

「いいですよ。ただし、他言無用です」

「まあ……どのようなお話なのかしら」

とてもわくわくしたような顔をしたナディさんだけど、ロキとレンによって厳重な結界が張られると怪訝そうな顔になり、私がこの世界に来た〝渡り人〟だということとその経緯を聞くと絶句してしまった。そしてとても痛ましそうな顔までされてしまう。

そんな顔をしなくていいんだよ、ナディさん。今はとっても楽しいんだから。

「今はみなさんと出会えて、とっても楽しいんです。だからそんな顔をしないでくださいね？」

「わかりましたわ、リン」

ちょっとしんみりしちゃったけど、本当に今は楽しいことばかりだ。もちろんつらいこともあったし悲しいこともあったけど、出会った人たちがいい人ばかりで本当に助かっている。

ま、まあロクデナシもいたけどね！

みんなでわいわいと食事したあと、一旦自宅に帰って薬草を持って戻る。これから三人に魔力だけでポーションを作るのを見せるのだ。

「これがハイポーションの材料で、こっちがハイMPポーションの材料です」

テーブルの上に薬草と砂を分けて置き、まずはハイポーション、次にハイMPポーションを作る。

手をかざしてあっという間に三十本ずつポーションが出来上がった。

もちろん、瓶にはお店のロゴ入りだ。

呆気なく、しかも簡単に作ったように見えたみたいで、三人があんぐりと口を開けている。まあ、実際簡単に作ったよ？　神酒《ソーマ》やハイパー系、万能薬に比べたら、魔力はそんなに必要ないしね。

ハイ系に必要な魔力なんて、一回につき五百くらいだし。

そんなことを説明したら、絶句されてしまった。

「「「……」」」

「神酒《ソーマ》に比べたら材料はとても少ないですし、必要な魔力も少ないですね」

「……ちなみに、神酒《ソーマ》で使う魔力はどれくらいだ？」

「一回につき五千くらいだったかな？　渡り人特典というわけではないんですけど、魔力量の上限は魔神族の王族並みにあると、アントス様に言われています」

「どんだけあるんだよ！」

「王族並み、ですか……」

「それは規格外としか言いようがありませんわよ？　リン」

いや〜、それほどでも。じゃなくて。

この世界に来たとき、元々カンストなんてしてなかったんだよ、魔力に関しては。体力は魔力の半分以下かな？

だけど、ここ最近アントス様のところで何回も魔力がなくなるまでポーションを作り続けてた結果、魔力がカンストしてしまった。しかも、「もうじき限界突破するね♪」なんてアントス様に言われて、顔が引きつったのは言うまでもない。

さすがにその話はできないから、王族並みと誤魔化したけどね！

「ま、まあこんな感じで素材と薬草さえあれば、どこでも作れますから。なので、安心して攻略できますよ〜」

「そういう問題ではないんだがな。だが、ポーションの数の心配をしなくていいのは助かる」

「そうでございますね」

「けれど、無茶はいけませんわよ？　アレク様も兄様も」

ナディさんの言葉を受けて、わかっている、と頷くエアハルトさんとアレクさん。

いくらポーションの数を心配しなくていいとは言っても、薬草には限りがある。特別ダンジョンのように、全種類の薬草や内臓の素材が採取できるなら話は別だけど、上級北ダンジョンはそうじゃない。

できるだけたくさん用意して、ポーションもある程度作って持っていくつもりではいるが、いつか足りなくなるのは間違いない。幸い、『フライハイト』も『アーミーズ』もヒール系の属性魔法を使える人が複数いるから、回復魔法と併用していかないとね。

そんな話をしていると、あっという間に夜になる。晩ご飯をご馳走になってから自宅に帰ってきた。


みんなで特別ダンジョンに行くまでに休みが一回あったので、アントス様の元へと訪ねた。今回は一週間のお泊りをしてから地上に戻ることになっている。神様の領域だから時間の流れが違うとはいっても長いよね。

一週間で作る目標は各種十万本。

おおう……女神酒《アムリタ》で魔力をかさ増しするにしても、そんなにできるんだろうか。

「大丈夫、十万本ずつできるまで地上に戻さないから♪」

「はあっ⁉」

「だってダンジョンに潜るんでしょう？　その間作れない分を含めての数だから、頑張って作ってね♪」

「鬼か！」

残念な神様のくせに！　こういうところは容赦ないんだよね、アントス様って。

それにしても、今回に限ってはいつもと違う。なんだか焦っているようだ。

だけど、なんで焦っているんだろう？　あとで聞いてみよう。

「あ、そうだ。先日、王宮に呼ばれて依頼を受けましたよ。あと、王様と宰相様と騎士団長さんに、渡り人であることを話しました」

他にもエアハルトさんと恋人になった話をすると、アントス様は安堵した顔をして、私の頭を撫でる。

「そう……本当に話したんだね。まあ、リンを護るためには必要なことだしねぇ。あの王太子だと不安でしょうがないけれど、現在の王と宰相なら安心かな」

「ですよね～」

神酒《ソーマ》を作りながら話をするんだけど、一回につき十本しか作れないっていうのは痛い。だけどちゃっちゃと作らないといつまでたっても終わらないので、アントス様に薬草や砂を目の前に出してもらい、私が作るという流れ作業をしていた。

それにしても……最初にアントス様からスタンピードの話を聞いたときは、私しか知っている人がいなくて不安しかなかったけど、冒険者仲間と話し合いをしてからは最初に言われたときほどの不安はない。やっぱり相談できる人がいると違うし、みんながいれば大丈夫な気がする。

私の魔力がなくなった時点で休憩し、女神酒《アムリタ》を飲む。

もうね……十本も飲むとお腹がタプタプになるしトイレも近くなるんだよね。

まあそうまでして、一日がかりで三万本だから、どれだけ神酒《ソーマ》を作るのが大変かわかる。一番時間がかかる神酒《ソーマ》さえ数を揃えてしまえば、あとはどうにでもなるので頑張りますよ～。


そんなこんなで、結局神酒《ソーマ》とエリクサーをそれぞれ十万本を、十日がかりで作った。

「ご苦労様。ダンジョンから帰ってきたら、またやろうね」

「……ハイ」

アントス様によると各種百万本、しかも二種類のレベルのものを作らないといけないのでまだまだ先は長い。

なんでも、アントス様の神託を受け、五大陸のうち四つの大陸にある国々はそれぞれ対策をし始めたという。問題は北大陸の国々で、まったく動いていないとアントス様が愚痴る。

焦っている理由はそれかなあ……なんて考えていたら、アントス様が物騒なことを言い出した。

「あの大陸の人間――特に、召喚ばかりしていたいくつかの国の王族と住民は、一度滅ぼさないとダメですかねぇ」

「はい？」

「神の神託《ことば》を無視するなんて、いい度胸だと思わない？　神罰が下っても文句は言えないよねぇ」

真っ黒い笑みを浮かべて物騒なことを呟くアントス様。

……うん、私は聞かなかったことにした。

地上に戻してもらい、自宅へ帰る。本来ならば採取に行かないといけないんだけど、精神的に疲れてしまった。

だけど、行かないと明日以降店で売るためのポーションの素材がなくなる可能性があるので、準備をしてから特別ダンジョンに向かった。

あと五日営業すれば、みんなで薬草採取に行く日にちになる。Aランク以下の冒険者たちはいつも通りに過ごしているし不穏な話も聞こえてこないので、王宮に呼ばれた冒険者たちはしっかり口を噤んでいるんだろう。


そして薬草採取をする日。今日から五日間、みっちり採取をしますよ～。

「よし。じゃあ手筈通りに頼む」

ヘルマンさんの言葉を受けておう！　と元気よく返事をした冒険者のみなさん。どのみちみんな北にあるふたつのダンジョン……特別ダンジョンと上級北ダンジョンに向かうので、街道の分岐点まで一緒に行動する。

私たち薬草採取チームとイビルバイパー狩りチームは特別ダンジョンへと向かう。まずは第三階層に行かないといけないイビルバイパーチームが先行。それを見送ったあと、私たちも行動を開始した。

第一階層だとギルドで依頼を受けている人がいると困るし、あれこれ詮索されても嫌なので、できるだけ彼らがいない第二階層へと降りる階段付近で採取をすることにした。

『フライハイト』と『アーミーズ』は薬草の種類がわかっているから単独で、私とラズ、両親はその他のパーティーの冒険者たちに知らない薬草を教えながらセーフティーエリアを目指す。

「ラズ、本当に一人で大丈夫？」

〈大丈夫。できればスミレとリュイに一緒に来てほしいけど……〉

〈ラズト一緒ニイク〉

《ボクもー》

「ありがとう。ちゃんと教えるんだよ？」

〈うん！〉

「みなさんもよろしくお願いします」

「おう、任せておけ！」

スミレ、空を飛べるグリフォンのリュイがラズに指名されて、喜んで頷いている。一緒に行く冒険者パーティーにもしっかりお願いし、そこで分かれた。

薬草チーム全員の集合時間はお昼だ。夜が明ける前に王都を出発したから、六時間ほど余裕がある。

といっても、採取しながら階段付近のセーフティーエリアに行くとなると、結局はそれくらいの時間がかかってしまうんだけどね。

「リンちゃん、頼むな」

「はい。どの薬草がわからないんですか？」

「名前のところに丸が付いている五種類だな」

一緒に採取しているみなさんは薬草の勉強になると喜んでいる。生のままでも使える薬草があるから、知っていて損はないと思ったみたい。特に傷や毒に効く薬草は食いつきが半端なかった。

ポーションがなくなったあと地上に戻るまでの間に合わせとはいえ、薬草があるのとないのとでは生存率がまったく違うと教えてくれた。なるほど〜。

魔物に襲われたら戦闘をして、それ以外は採取しながらセーフティーエリアを目指す。

セーフティーエリアに着いたら一度それぞれパーティーで採取したものを纏め、数量を確認しながら引き続き採取するんだって。それを三日くらいしたあと、残りの二日で足りない薬草を中心に採取する。

国からの依頼分を採取しつつ、それとは別に個人的に必要な分を採取していたら、「ちゃっかりしてるな」と笑われてしまった。うう……店で使う分なんだからしょうがないじゃない！

「まあ、冬になって冒険者の数が減るとはいえ、買いにくる連中はいるもんなあ」

「ああ。それに残った奴らだって一月《ひとつき》の休み前ともなると、その分の買いだめをしたいだろうし」

「いつもなら俺たちもそうするところだが、今回は、な」

「ああ」

周囲には私たち以外はいないと思うけど、誰が聞いているかわからない場所だからこそ、曖昧な言葉を使って話すみなさん。聞き方によっては、別の場所や国に行くって聞こえるもんね。

そんな感じで採取をしながら移動していると、集合場所のセーフティーエリアに着いた。集合時間までまだ一時間近くあるからと、近くで、採取をする。

時間が来たのでエリアに戻り、全員集まったところで各パーティーのリーダーが薬草を纏めた。

食事に関しては、朝と昼はパーティーごとに作ることになっていて、夜は合同で食事をする。そうすることで一日の反省や翌日はどうするかなど、情報交換や話し合いができるから。

『フライハイト』と『アーミーズ』以外のSSランクとSランク冒険者の話をしっかり聞ける機会なんて滅多にないから、今から楽しみ！

お昼が終わると同じメンバーで移動し、散らばって採取する。陽が落ちる前にセーフティーエリアに戻ることにして出発です。

冬場はどうしても陽が短く、ダンジョン内で行動できる時間が限られる。採取するのに日数が必要になってくるのはこのためだ。

ただ、ダンジョンでは一日たつとまた薬草が生えてくるから、大量の薬草を採取する今回に至っては好都合だった。冒険者たちの話を聞いた限りだと、一日というよりも日付が変わった段階でまた生えてくるっぽい。

本当にダンジョンって不思議だよね。

それぞれのパーティーから火の番を決め、担当者以外は自分のテントに入って寝る。今回は私が一番最初に火の番をすることに。

当然のことながら、従魔たちや眷属たちが小さくなって私の周りや肩にのっているから寒くないし、他の冒険者からは羨ましがられた。ま、まあ、従魔がいる冒険者はみんな、それぞれの従魔《じゅうま》をもふり倒していたよ。

二時間でエアハルトさんと交代し、自分のテントに戻る。今日はフレスベルグのペイルが枕になりたいと可愛いことを言ってくれたので、その大きな翼の羽毛に埋もれて眠りにつく。

ふっかふかもふもふな天然のお布団でございました。とってもあったかかったです。

採取は二日目に入り、セーフティーエリアを中心にして方々に分かれる。今日は昨日とは別のパーティーに同行しますよ～。

「リンちゃん、よろしくね～」

「はい。どれがわからないんですか？」

「アタシはこれかしら。一応特徴は覚えたケド、微妙に自信がなくてねぇ……」

表を見せてもらい、どうして自信がないと言ったのかわかった。葉っぱの形や色が似ている薬草ばかりだったから。

ただ、これらもきちんと特徴があって、葉っぱの裏や茎を見れば一発で違うとわかる。

まあ、それは何回も採取しないとわかりづらい情報だから、その薬草をすべて採取し、みなさんに見えるように並べる。

「並べてみたんですけど、違いがわかりますか？」

「あら〜、なるほどねぇ。葉っぱだけ見たらどれも同じ形だけど、並べてみるとよくわかるわねぇ」

「そうねぇ。微妙に色が違うし、茎や葉っぱの裏側も色が違うわねぇ」

「これは茎が赤、これは葉っぱの裏側は白、こっちは裏側が黒なんだね」

「これなんて茎が黒だしね」

「そうなんですよ〜」

みなさん、なんとなくわかってくれたみたい。

ちなみに今回一緒にいるパーティーは四人組で、男女二人ずつ。男性はオネェさんです。しかも、スキンヘッドでムッキムキなお素敵筋肉を持っていらっしゃるオネェさん。

言葉がオネェなだけで、女性が好きなんだって。

彼らを理解して一緒にパーティーを組んだのが二人の女性で、今や夫婦になったっていうんだから凄い。

「昨日一緒にいてくれたタクミもそうだけれど、リンちゃんもアタシたちに偏見がないのね」

「ないですねぇ。そもそも言葉が違うだけで嫌うって、おかしくないですか？　って私は思っているんですけど、こればっかりは難しいですね」

「そうなのよねぇ。だけどSランクにまでなるような人たちは、そんなことを気にしないのよね」

「そうなのよ。アタシたちの技量や性根で見てくれるから」

彼らも苦労したようだけど、多くの冒険者たちが普通に接して友達になってくれたり、一緒にダンジョンに潜ってアドバイスをくれたりしたそうだ。それを最初に実行してくれたのが、SSランクになった『猛《たけ》き狼《おおかみ》』なんだって。

「ヘルマンさんって、面倒見がよさそうですしね」

「そうね。『猛《たけ》き狼《おおかみ》』はみんな、面倒見がいいわね」

やっぱりそうなのか～。私にも、いろいろとアドバイスをくれたし。本当に感謝してる。

『猛《たけ》き狼《おおかみ》』と『蒼《あお》き槍《やり》』のパーティーメンバーは、中堅以下の冒険者から父親や母親、兄弟姉妹のように慕われ、尊敬されているそうだ。うん、それはとてもよくわかる。

そんなこんなで特徴をしっかり覚えたというので、再び採取しながら移動する。時々ビーンやビッグシープ、レインボーロック鳥に襲われたりもするけど、さっさと倒してドロップを拾い、また採取をする。

お昼近くになってきたので採取と戦闘をしながらセーフティーエリアに戻り、それぞれのパーティーに分かれて食事をした。

そして食事が終わればまた採取をして、陽が暮れる前にエリアに戻ってくる。

各パーティーから一人ずつ人を出して、みんなでご飯を作るのは楽しい！

ご飯を食べながら話し合いをして、進捗《しんちょく》状況を確認。それが終わると火の番をして、眠りにつく。


それを最終日まで繰り返した結果、依頼以上の薬草が採取できた。私が個人的に採取したものもかなりの量になっているから、しばらくダンジョンに来る必要はない。

まあ、従魔たちと眷属たちはたまに暴れたいみたいで、結局は来ることになるんだけどね。

依頼以上の薬草は、三分の一は冒険者ギルドに、三分の一は商人ギルドに、残りは王宮で必要ならばそっちに売ろうということに。

帰りがてら風邪薬と解熱剤に使う薬草とキノコを採取し、ダンジョンから出る。合流したイビルバイパー組も成果は上々だとホクホクしていた。

街道の分岐に来ると、ベアとディア、ワイバーンの皮を狩っていたチームともバッタリ会う。

「お、ちょうどいいな。素材をリンに渡しておくか。あとライゾウにも」

「おお、よこせよこせ。ちゃっちゃと作っておくから」

「私も早めに作りますね」

たくさんの麻袋を渡されて、顔が引きつる。そりゃあ想定していたけど、実物を見ると実感が湧く。内心で溜息をつき、【無限収納《インベントリ》】になってるリュックに全部しまうと、今度は他の人の顔が引きつった。

なんでさー？

「リ、リンのそのバッグはどうなってんだ⁉」

「普通、そこまで入らねえからな⁉」

「えーっと、内緒にしてほしいんですけど……。実はこれ、【無限収納《インベントリ》】なんです。なのでいくらでも入ります」

「「「「「「……‼」」」」」」

私の話を聞いていた全員が絶句した。

「やっぱお前さん、薬師じゃなくて冒険者でもやっていけるんじゃねえか？」

「嫌ですよ、ヘルマンさん。私は薬師の仕事が楽しいんです。なので、採取でダンジョンに潜ることはあっても、攻略で潜ることはないですからね？」

以前と似たようなことをヘルマンさんに言われ、きっぱり否定しておく。今回のように依頼されたんならしょうがないけど、冒険者として生活しようとは思ってないよ、私は。

だってポーション作りって楽しいからね。

そんな話をして王都に帰る。王宮に渡す分はヘルマンさんとスヴェンさんが持って行ってくれることになっている。ありがたや〜。

王都に到着したあとは、それぞれ最寄りの冒険者ギルドでいらない素材を売ることになっているので、北門を入ったところで別れた。

『フライハイト』のみんなで馬車の中で晩ご飯の話し合い。屋台での食事に決まったけど、残ってるのかな？

なかったら拠点に帰ってから私が作ると宣言し、西地区にある通りに帰ってきたものの……結局どの屋台も終わっちゃってた。仕方ないよね。

そのまま拠点に帰ってきたらララさんと旦那さんがいた。そして私たちが、帰ってくるころだからとご飯を作ってくれていたのだ。私や従魔たちと眷属たちの分もあるからと、ご相伴にあずかりました！

今日は天津飯丼ととろみがついた卵スープ、サラダでした！

うずらのような小さい卵がないようで変わりにココッコの卵が使われていたけど、久しぶりに天津飯丼を食べたから、泣きたくなるほど美味しかった。

しばらく雑談をしてから家に戻り、魔法でパパっとお掃除したあと、お風呂に入った。

そして念のためポーションの在庫を確認して足りなそうなものを作り、暖炉に薪を入れて火を熾し、そこに水を入れた鍋を置く。さすがに疲れたから、さっさと寝てしまった。

翌日、冒険者に交じってローマンさんとトビーさんが来た。

「おはようございます。風邪薬と解熱剤、マスクを持ってきました」

「ありがとうございます」

「この場にいる冒険者にも聞いてほしいんだが、今年から手洗いとうがい、水を張った鍋を暖炉に置くことが義務づけられた」

「風邪予防の一環でもあるので、みなさん実行するようにと、王宮医師からの通達です」

その場にいる全員が「わかりました」と返事をし、頷く。

差し出された薬とマスクを受け取り、一旦カウンターの上に置く。少し話したあと、二人は真向かいにある父の診療所に入っていった。

「そろそろ近づいてきてるって聞いたしな」

「そうなんですね」

近づいてきている風邪。ただ、今年から手洗いとうがい、水を張った鍋が義務づけられたからなのか、今のところ軽い症状だけで治まっているという。ちなみにマスクに関しては強制ではなく、必要と感じたらしてほしい、とも言っていた。

冒険者は動くから、マスクをしたままだと息苦しくなるんだろう。まあ、それでもダンジョンから戻ってきたらマスクをすると言っているから、危機管理はきちんとできているみたい。

体が資本の冒険者だけあり、理解しているんだろう。さすがです。

ポーションと一緒に薬とマスクがポツポツと売れていく。今年もそんな季節が来たんだなあ……と、一年があっという間に過ぎたことを実感した。

「リン、去年は薬とマスクをどれくらいカウンターの上に置いたのかしら」

「配られた内の半分ずつ置きました」

「全部は置ききれないものね」

「そうなんです」

「もし在庫がなくなったらタクミにお願いしましょうか。そのほうが喜ぶから」

「はい」

父なら喜びそうだよねぇなんて顔を思い浮かべ、つい母と一緒に笑ってしまう。

風邪薬や解熱剤とマスクをカウンターにセットした途端、話を聞いていた冒険者が群がる。薬だけじゃなくてマスクも一緒に買っていくのはさすがだと思った。

それからはポーションと一緒に薬とマスクを買う冒険者がいて、風邪がどこまで流行っているのか教えてくれる。それによると動きは去年と変わらないけど、いつもより早く流行っていることは確かだそうだ。ただ、予防が効いているのか王都では去年よりも風邪をひく人数が少ないという。

「マスクと手洗いうがいをするようになってからか？　それからはかなり減ったって話だな」

「へえ、そうなんですね！　はい、万能薬です」

「おう、ありがとさん！」

瓶と交換で万能薬を渡す。やっぱりいつもよりも早いんだ……と母を顔を見合わせ、私たちも早めにマスクをしようと決めた。手洗いうがいは毎日しているから問題ない。

なんだかんだと三分の一くらい減ったところで閉店時間になり、一旦閉める。

そしてお昼休みのとき、父が風邪薬を持ってきた。

「あ、そうだ。タクミ、薬がなくなったら不足分をお願いしてもいいかしら」

「構わないが、去年はどうだったんだい？　優衣」

「去年は一度追加分を王宮から配られました。確かすぐに持ってきてくれたはずです。去年はかなり流行しましたし」

「そうか。なら、追加が来てからにしようか。ミユキもそれでいいかね？」

そう聞いてきた父に、母と一緒に頷く。

「そんなわけで優衣、ミユキ。さっそく今日から予防しておこうか」

「はい」

「わかったわ。リョウの分はあるかしら」

「あるぞ？　少しアレンジして甘くしてあるから、リョウも飲んでくれるだろう」

「あい！　のむー！」

日に日に短い言葉を覚えていくリョウくん。その成長っぷりが凄まじい。

「そういえば、ドラゴン族の年齢の数え方ってどうなってるんですか？」

「卵から孵ったあとから数えるんだ。だから、もうじき二歳になる」

「おお、そうなんですね！　楽しみだねぇ、リョウくん」

「あい！」

はしゃぐリョウくんにほっこりしつつ、しっかりご飯を食べる。リョウくんも離乳食を食べるようになったようで、おかゆを食べていた。

ご飯が終わればお薬タイム。しっかり飲んで予防しないとね！

第三章　事前準備と風邪流行の兆し

翌朝、いつもより早く目が覚めた。暖炉を見ると火が小さくなっていたので、みんなを起こさないようにそっと起き薪をくべる。鍋の水もなくなる寸前だったのでそれも足しておいた。

昨日は半分寝ぼけていたから、水を少なく入れて寝たのかもしれない。二度寝するにも微妙な時間だったので着替え、リュックを持って作業部屋に行く。

「さむっ」

薪ストーブに火が入っていないから寒い。風邪をひく前に火を入れ、ついでにダイニングも火を熾す。今日から依頼された分のポーションを作らないといけないから、さっさと終わらせてしまおう。

一番大変なのは神酒《ソーマ》なので、それを先に作る。それでも魔力で作っているからなのか、あっという間に百本できた。

もう百本作ったところでラズが起きてきて、それを皮切りに他のみんなも起きてきたので、先にご飯を作ることにした。おっと、その前に神棚のお世話をしないとね。

お世話が終わったら今度こそご飯の準備。今日は野菜たっぷりなお味噌汁とタル芋を使った炊き込みご飯。食感が里芋に似ていて美味しいのです。

他にも卵焼きやシャケを焼き、みんなでご飯。

「私は開店まで作業部屋にいるけど、みんなはどうする？」

『外に行く！』と全員が返事をしたので、「わかった」と頷く。

寒いのに外に行くって……元気だなあ。庭に続いている扉の鍵を開けると、みんなは外に飛び出して行った。ラズが中心になって庭の手入れをしてくれるから、とても助かる。

まあ、そのついでに遊んだりしているんだけどね。

私もついでに庭まで行って薬草の手入れを始めたみんなをしばらく眺めたあと、ほっこりした気分で作業部屋に戻る。できた神酒《ソーマ》はリュックにしまい、万能薬を百本とハイパーポーションを百二十本作ったところで両親とリョウくんが来る。

お茶を出して一息ついてもらったあと、父はリョウくんを連れて診療所に向かった。私と母は開店準備をして、時間になったので店の鍵を開ける。

「今日も暇かしら……」

「どうですかね？　例のことがあるから準備している冒険者もいるとは思いますけど、それはSランク以上の話ですし」

「そうよね」

暖炉の前で寝転がっているソラと、ランタンに留まっている小鳥姿のベルデとアビー。カウンターにはロキがいる。

お客さんがいないからなのかそれぞれが自由に過ごしているけど、だらけているように見えて、実は耳や尻尾を動かし警戒しているんだよね。

ゆったりとした時間が流れ、暖炉にかけてある鍋の水を足したりしていると冒険者が来た。

「いらっしゃいませ」

「こんにちは、リンちゃん。買い取りを頼む。あとポーションの交換も」

「はい」

店に来たのはAランク冒険者だ。特別ダンジョンに行ってきたそうで、大量の薬草を持ってきてくれたんだって。ありがたや～。

瓶はしばらく交換するのを忘れていたらしく十本も溜まっていたけど、快く応じたよ。

「今回はどれと交換しますか？」

「そうだなー、ハイ系で頼む」

「わかりました」

ハイ系ふたつと交換し、買い取った薬草の代金を渡す。冒険者はホクホク顔で店を出ていった。

それからぽつぽつとダンジョンから戻ってきた冒険者や、明日以降潜る予定の冒険者が店を訪れてくれる。

そんな感じで午前中を過ごし、お昼になったので閉店した。

母がお昼を作ってくれるというので任せ、その間に私は依頼されたポーションを作る。

作りかけのハイパーポーションを全部作り終わったところ母に呼ばれたので、ダイニングに行った。

「依頼のポーションはどうかしら」

「冒険者に渡す分はもう少しで終わりです」

「早いな」

「できるだけ早く渡したいというのもありますし、他のものに時間がかかるというのもあるんですよね」

ご飯を食べつつ、雑談をする。ポーションの進捗《しんちょく》状況を聞かれて教えたら、父に苦笑されてしまった。自分でも速いとは思うけど、依頼全体の中で国に渡すポーションの本数に比べたら、冒険者に渡す本数なんて可愛いものだよ。一日あれば作れるしね。

……アントス様の依頼？　あれは異常。世界規模なんだから仕方ないけどさ。

今度の休みも「十万本ずつ作ってね♪」と鬼畜な発言をいただいたので、若干疲れ気味ではあるんだけどね……精神的に。

だけど、せっかくアントス様が頼ってくれたんだから、頑張りますよ～。

ご飯が終わると、ハイパーMPポーションを三百本作ってしまう。続いて神酒《ソーマ》を百本作ったところで、MPがなくなってしまった。

「今日はこれ以上は無理かな？　まだ時間があるし、残りはゆっくりやろうっと」

冒険者に渡す分は終わったからと、ヘルマンさんとスヴェンさんに連絡する。

両親にも「できました！」と報告したら、すんごい呆れた顔をしたけど、結局は褒めてくれた。

やっぱり褒められると嬉しい。

午後の開店時間になったので店を開けた途端、すっごく呆れた顔をしたヘルマンさんとスヴェンさんが来た。

「リン、話がある」

「時間はあるか？」

「大丈夫ですよ。ママ、しばらく店番をお願いします」

「わかったわ。いってらっしゃい」

一階奥のテーブルに案内して、二人にチャイを出す。念のためにロキに結界を張ってもらうと、すぐに二人が話しかけてきた。

「リン、作り終わったってどういうことだ」

「ダンジョンから帰ってきたばっかだろうに」

「お二人は察していると思いますけど、私は魔力でポーションが作れます。なので、そのおかげですね」

「「おいおいおい、それにしたって速すぎる。それにリンの年齢からすると普通じゃないから！」」

「そうは言いますけど、それは師匠次第なのでは？」

そう指摘すると、二人は目を剥いた。

母によると、自分が師事する人の技量や教え方によっては、十年経たずに魔力だけで作れるようになる人がいるという。もちろん、本人のやる気も関係している。

まあ、私の場合は師匠にあたる人が神様だったから……そして最初に技術などのすべてを私の体に染み込ませてくれたからこそ、今の私がいるんだけどね。

「そうなんだけどさあ……」

「それでも、魔力がなくなったら、そこで作業を終わらせるだろう？」

「そうなんですか？　回復しながら作ればいいんじゃないですか？」

「「……」」

そう言うと、二人は絶句してしまった。

あれ？　ＭＰポーションを使って回復しながら作れるよね？

よっぽど私が不思議そうな顔をしていたみたいで、ヘルマンさんとスヴェンさんはとうとう頭を抱えてしまった。なんでさー？

「回復しながら作るって発想ははじめて聞いたよ」

「そうなんですか？」

「魔力が少なくなったらそれで終わりと教わるからね」

「そうなんですね。使い切ったら魔力も底上げできるのに」

「なんだって！」

ヘルマンが大きな声を出す。

「リン、魔力の底上げ方法は解明されていないんだ。どういうことだ？」

「え……」

まさかの、魔力の底上げ方法が知られていないときました！

「師匠の話によると、魔力を使い切ってあげれば、微々たるものですけど上限が増えるんだそうです。それを毎日、あるいは一日に何回もやることで、底上げができるんです」

「……それは冒険者もか？」

「それはわかりませんけど、できるんじゃないですか？」

「確かに、魔力を使い切った翌日は微妙に増えていたな……」

「ああ。レベルが上がると共に増えるだけだと思っていたが、今から考えるとそれ以上の上がり幅のときもあったし」

二人は元々騎士だったそうなんだけど、騎士に成り立てのころに比べたらレベルも技量も格段に上がって、同時に魔力もかなり上がっているんだって。

魔力だけに注目していなかったから、今まで気づかなかったみたい。なんて勿体ない。

「はぁ～……ほんっとうに！　お前さんは規格外だな、リン」

「そうだな。どんだけ厳しい師匠だったんだよ」

「うーん……」

どんだけと言われても、他の人がどんな修業をしているか知らないから、なんとも言えない。それは二人にもわかったみたいで、溜息をついている。

「まあ、魔力の底上げ方法については無理に広めることはないな」

「ああ。これから大仕事が待ってるってのに、広めて逆に無茶されても困る」

「だな」

「ですよねー」

これからスタンピードを防ぐためにダンジョンに潜るのだ。まだ一ヶ月以上時間があるとはいえ、無茶をして怪我したら意味ないし。

SSランクに上がった二人だからこそ、そういった危機管理もできているんだろう。

聞かなかったことにすると言ってくれたので、とりあえず出来上がったポーションを二人に渡す。

「あとはライゾウが作るリュック待ちだな」

「ああ。リン、ありがとな。大事に使わせてもらうから」

「いえいえ。頑張ってください」

「「リンもな」」

「はい」

自分が持っているマジックバッグにポーション類をしまう、ヘルマンさんとスヴェンさん。王都周辺はともかく、タンネのダンジョンの攻略は一刻も早いほうがいいと考えているみたいで、スヴェンさんが気合いを入れている。

そこからしばらく雑談をしたあとでロキに結界を解除してもらうと、二人を店の外まで見送る。冒険者が誰もいなくてよかったよ。今は噂になるような行動は控えたいって言っていたからね、ヘルマンさんもスヴェンさんも。だから、王宮に呼ばれた人たちは慎重になりつつもいつも通りに過ごしているし。

二人を見送り、私も仕事に戻る。話している間は誰も来なかったらしく、母は編み物をしていた。

「なにを編んでいるんですか？」

「リョウのネックウォーマーなの。そろそろ動きが活発になってきているからね。ドラゴンの姿だと服を着せるのも一苦労だし」

「なるほど～」

人型《ひとがた》になる練習が始まると着る服も違ってくるし、ドラゴン姿の今はあまり服を着せないんだって。その代わり、ネックウォーマーやレッグウォーマー、腹巻きや手袋などを使って暖を取るそうだ。種族によっていろいろあるんだなあ。

その後五組の冒険者が来たけどそれ以上は来ず、閉店時間となった。

店の休みのときはアントス様のところに行って十万本のポーションを作りつつ、ゆっくりと国から依頼されたポーションを作る。あまりにも早いと追加で発注されそうっていう危機感もあったしね。

結局決められた納品日の三日前にエアハルトさんを通じて連絡し、団長さんに店にきてもらった。

「こちらがご依頼の品となります」

「ありがとう。数を確認するよ」

「はい」

団長さんと副団長のビルさん、この地区担当のローマンさんとトビーさん、他にも昔一緒に中級ダンジョンに潜った騎士たちが三人来ている。七人で手分けしてポーションを数えていたが、その数の多さ故に終わったときにはぐったりしていた。

「お疲れ様です」

「ありがとう。全部揃っていたから安心してくれていい」

「ありがとうございます」

ミントティーを全員に配り、飲んでもらう。きちんと数えながら作ったとはいえ、間違ってないか心配だったのだ。数が揃っていてよかった～！

ミントティーを飲み切った団長さんたちは、マジックバッグの中に箱ごとポーションを入れた。労いの言葉をかけてくれた七人を前に、頑張ってよかったと思った。

納品をした一週間後、ビルさんが来た。王様からの代金だと、お金と薬草を置いていった。どっちもたくさんあったとだけ言っておく。

あとはアントス様に依頼されたポーションだけだ。まだ三分の一しかできていないけど、アントス様によると予定よりも早いペースなんだって。とても嬉しそうな顔をしていた。こっちも頑張ってよかった。

まだまだ作らないとダメだけど、頑張りますよ～。


そして今年も誕生日が来た。今日で二十八か～。なんだかあっという間の一年だったなあ。

日本にいたときよりも充実している気がする。やっぱり背後の守護者が関係しているのかな？

それならそれで感謝だよね。

で、従魔たちも同じ日が誕生日だからと家でひっそりお祝いしようとしたら、エアハルトさんがまた方々に声をかけたみたいで、今年も凄いことになってしまった。去年のメンバーに加えて『アーミーズ』の面々、他にもSランク冒険者たちが集まってくれたのだ。

多すぎでしょ！

料理もみなさんが作ってくれました。とっても美味しかったです！

さすがに去年のようなドレスを着るなんてことはなかったし、侯爵様はじめ貴族のみなさんが来ることもなかったけど、その分大量のプレゼントが届いた。そのほとんどが食材や薬草というのがなんとも……

グレイさんとユーリアさんはわかるけど、なぜか両陛下や王太子様ご夫妻、宰相様からも外国の食材や薬草、髪飾りやブレスレットなどプレゼントが届いたのは解せぬ。

誰が教えたんだよ！　たぶんグレイさんとユーリアさんだよね！

にーちゃんとねーちゃんのバカーーー！　と内心で叫んだよ……とほほ。嬉しいけどさ。

それから数日後、いつも通り店を開け、両親とご飯を食べながら話をする。

リョウくんは自分でスプーンを持てるようになったらしく、母に世話をされながらも自分でスープを口に運んでいた。フォークで野菜を刺して食べる姿も可愛い。

自分でできるというのが嬉しいみたいで、終始ご機嫌だった。

ご飯が終わるとリョウくんはお昼寝タイム。両親はまだ薬のことや診療所関連の話をしていたので、二人に断って従魔たちや眷属たちを連れて庭に行く。

今日はお天気がいいから、陽射しがとても暖かい。

今のうちにスライムゼリーを使った肥料を撒き、庭の様子を見る。雪が降る前に森に行って、また腐葉土を持ってこよう。肥料を一緒に使うことで連作障害を防げると、ライゾウさんに教わったのだ。

「明日、森に行こうか」

そう話すと、「やったー！」と嬉しそうに返事をする従魔たちと眷属たちに、ついほっこりする。

『フライハイト』のみんなは、ギルドの依頼で初級ダンジョンに行っている。去年もやっていたけど、Eランク冒険者の引率で行っているのだ。

帰ってくるのは明日。だから今日は拠点には誰もいない。

なにか欲しいものはないかと聞かれたから、アップルマンゴーがたくさん欲しいって言っちゃった！　みんな大好きだからね、アップルマンゴーは。貴族の間でも人気のある果物だから、冒険者ギルドでも商人ギルドでも、常に依頼が貼られている。

他国にも輸出しているから余計人気なんだろう。

今はEとDランク冒険者の依頼として定着している、果物採取。採取した量によっては報酬を上乗せしてくれるそうだから、低ランクの冒険者は張り切っているんだそうだ。

それもあり、ギルドでマジックバッグを貸与しているんだって。低ランクの冒険者は、マジックバッグを買えるだけのお金を持っていないから。

怪我や魔物に注意して、頑張って採取してほしいなあ。

庭の世話が終わると、それぞれ自由に過ごす従魔たちや眷属たち。小さくなって遊んだり、テラスで日向ぼっこをしたり。勝手に庭からは出ないいい子たちだから、本当に助かっている。

時間になると店番の従魔や眷属が私や母と一緒に店内に行き、冒険者相手に話をしたりしている。

以前は勝手に触ろうとしていた冒険者があとを絶たなかったけど、最近は自分で従魔を連れて歩く冒険者が増えたからか、そういう無謀なことをする人はいなくなった。

処罰されるもんねぇ。せっかくAランクやSランクになったんだから、そんなことで冒険者を辞めたくはないだろうし。

午後もまったりしつつ、ポーションや薬を買いに来た冒険者と話していると、あっという間に時間が過ぎていく。何事もなく閉店時間となり、閉店作業をして両親と別れ、二階へと上がった。

ダイニングに行くと、グレイさんからもらった布の上に手紙が。

「おお？　この前来たばっかりなのに珍しい～。もうじき社交シーズンで忙しくなるって愚痴ってたのに」

どうしたんだろう？　なにか困ったことでもあったのかな？　それともまたレシピかな？

そんなことを考えながら手紙を開ける。

『　親愛なるリンへ

元気にしているかい？

風邪はひいていないかい？

こちらは風邪をひいたりなどもなく、元気に過ごしているよ。

相変わらず領地経営は大変で、時々ダンジョンに潜りたくなるけどね。

今回は雪が降る前に、僕たちが治める領地——ヘーティブロンに遊びに来ないかというお誘いなんだ。いろいろ話したいしね。

十三月になると社交シーズンが始まるから、その前にエアハルトやアレク、ナディヤ嬢や『アーミーズ』のみんなと一緒に温泉に入りに来ないかい？

領地を案内するよ。リンの休みを利用して来てくれると嬉しい。

新年の休みは忙しいだろうけど、それまでの休みに空いている日はないかい？

その場合は事前に連絡してほしい。

グレイ・ユーリア　』

なんと、領地においでとの招待状でした！

もしかしたらスタンピードの話もあるのかな？

すぐに返事を書きたいところだけど、従魔たちや眷属たちがお腹をすかせてうろうろしているので、先にご飯を作る。

きっと、グレイさんたちもご飯だったり、まだお仕事をしていると思うし。

時間を見て返事を書こう。それからエアハルトさんとヨシキさんにも連絡しておかないとね。

ということでさっさとご飯を作り、食べる。みんながそれぞれ好きなことをしている間に、先にエアハルトさんとヨシキさんに連絡をいれる。

エアハルトさんは行くと言っていたけど、ヨシキさんたち『アーミーズ』は別の町に行く予定を立ててしまったんだって。残念だなあ。

お互いにお土産を買ってくることを約束した。

それからグレイさんに手紙を書く。元気なこととエアハルトさんたちと行くこと、『アーミーズ』は予定があっていけないことを書いた。あと、内密な話があることも。

王様や宰相様にも話したんだから、グレイさんたちにも私のことをすべて話すと決めた。

一番お世話になったのはグレイさんとユーリアさんだからね。兄や姉と呼ばせてくれて、今でも二週に一回は手紙が届く。こんなにも気にかけてくれているんだから、話さないのは失礼なんじゃないか、って考えたのだ。

グレイさんとユーリアさんがどんな反応をするのか怖い。信じてくれるといいなあ……と思いつつ手紙を畳み、封筒に入れて転移陣にのせ、布に魔力を流す。するとすぐに手紙が消えた。

「みんなー、お風呂に入るよー」

『やったー！』

従魔《じゅうま》や眷族たちをお風呂に誘うと喜ぶ声がする。みんな何気にお風呂が好きなんだよね。

お風呂にゆっくり浸かったり、お湯のかけあいをしたり。昼間散々遊んだのに、どこにそんな元気があるんだろう？

入浴剤代わりにローズマリーとカモミール、レモングラスを、四角く縫った袋に入れて浮かべている。体がぽかぽかしてよく眠れるのだ。

お風呂から上がると暖炉に薪をくべ、水を張った鍋を置く。そこまですればあとは寝るだけ。みんなについている水滴を魔法で乾かし、私も髪を乾かすとベッドに潜り込む。

「今日も一日ありがとうね、みんな。おやすみ」

『おやすみ！』

ベッドの上でそれぞれ丸くなるとすぐに寝息が聞こえてくる。それを聞いているうちに、私も眠ってしまった。

第四章　ヘーティブロン領へ行こう

翌朝、起きるとグレイさんから手紙が来ていた。早いなあ。

いつ寝ていつ起きてるんだろう？　体調を崩していないか心配になってくる。

これはハーブティーの出番かな？

なにがいいかな。カモミールは教えたからブルーマロウがいいかな？　目にも楽しいし。

他にも薬草の効能を思い出しながら、いろいろ作ってみようっと。会うまでのお楽しみ～ってことで。

手紙の内容としては、ヨシキさんたちに会えないことを残念がっていて、私たちが来ることを楽しみにしていると書いてあった。エアハルトさんにも同じ手紙を送ったそうだから、あとで具体的な予定を話さないと。

手紙をしまい、朝ご飯。それから庭の手入れをして洗濯。

今日はいいお天気なので、布団も干しちゃった！

家事が終われば庭のお世話。といっても日光をあてるためにシートをどけたり水やりをしたりするだけだ。

そうこうしているうちに母が来たので開店準備をし、今日も開店です！

「いらっしゃいませ！」

「おはよう、リンちゃん。風邪薬ある？」

「ありますよ～」

「よかった！　他のところに行ったらあと一歩で買えなくてさあ……」

「そうなんですね。といっても、私のところもあと少しなんですよ」

ギリギリだったか！　と喜ぶ冒険者のお兄さん。住民のみなさんも早めに対処しているようで、売り切れているところが増えているとぼやいている。

そろそろ騎士が追加を持ってくると思うんだけどなあ……なんて考えていたら、ローマンさんとトビーさんが来て、風邪薬と解熱剤、マスクの追加を置いていった。今回は早く売り切れるお店が多く、慌てて持ってきたんだって。

「五日後にもう一度くるから、もし間に合わなければ作ってほしい」

「わかりました」

そろそろ作ろうかと話している最中だったから助かった。それにしても今年はもう一回くるのか～。それだけ流行が早いのと、きちんと対処している証拠なんだろうね。

買い物に出かけても、みなさんマスクをしてるもの。白だけじゃなくていろんな色があるのが面白い。

「そのうちなにかの絵柄が出てきたりして。向こうにもありましたよね？」

「あったわねえ。犬の鼻だったり猫の鼻だったり。ライゾウに作ってもらおうかしら」

「誰がそんなマスクをするんですか？　言っておきますけど、私はしませんからね？」

「あら、残念。可愛いと思うのよね」

そういう発想は向こうならではよね、とお店から冒険者がいなくなったタイミングで話す私たち。

残念じゃないよ～！　母の感覚がよくわかりません。

途切れ途切れではあるけど、冒険者がやって来る。

あっという間にお昼になり、閉店をしようとしたところでゴルドさんが慌てた様子で飛び込んできた。

「なにかありましたか？」

「すまん、前回休みの日にちを間違えて短く伝えていたんだ」

「はい？」

意味不明だよ、ゴルドさん！

ゴルドさんによると、本来前回の休みは一週間だったのに、短く伝えてしまったという。なので、その分来週のお休みが長くなって、九日間休みになるのだ。

「この通り一帯ですよね？」

「ああ。他の通りとも調整してあるから、ゆっくりしてくれていい。本当にすまん！　店のドアや店内に休みの日程を書いた紙を貼っておいてくれ」

「大丈夫です。わかりました」

私のほうは別に不都合はないが、冒険者が大変そうだなあ。

ゴルドさんにもらった紙を、目立つところに貼っておく。入口と壁、カウンターのところでいいかな？　あとは口頭で説明すればいいかとゴルドさんを見送ったあと、一旦店を閉めた。

本当は今日、店番を母に任せて森に行こうと思ってたんだけど……

冒険者のみなさんに説明しないといけないし、どうやら無理そうだ。

そしてそのタイミングで、今度は依頼から帰ってきたばっかりのエアハルトさんが来た。お昼は母が作ってくれるというのでお願いし、エアハルトさんと話をする。

「優衣。グレイから手紙が来たか？」

「来ました。遊びにおいでという話ですよね？」

「ああ。優衣はいつから休みになる？」

「そのことなんですけど」

さっき来たゴルドさんの話を伝えたうえで、次の休みは九日間あると話す。

「なら、ゆっくりできるな。まあ、王都に戻ってくるときは恐らくグレイたちも一緒になるだろうから、話す時間はたくさんある。俺たちに護衛依頼が出されると思うしな」

「そうなんですか？」

「ああ。どうやら例の件で、グレイたちも王都に用事があるようだ。今回俺たちを招いたのも、なにか関係があるのかもな」

そんな話を聞くと、グレイさんもユーリアさんも領主になっていろいろと大変なんだろうなあ、って思う。

やっぱり、疲れが取れそうなハーブティーを飲んでもらおうと決めた。

ご飯ができたと母に呼ばれたので、店が終わったら拠点に行くと話し、一旦解散。ご飯はペンネを使ったホワイトグラタンで、ミートソースとスライスしてあるゆで卵がのってた！

ご飯を食べたあとは布団や洗濯物を取り込んだりして家事を済ませ、リョウくんと追いかけっこをして遊ぶ。

子どもの体力って無尽蔵だよね～。いったいどこにそんな体力があるというのか……

私のほうが先にギブアップ。

まあリョウくんも疲れたみたいで、追いかけっこが終わったあとはすぐ寝てしまった。そのままリョウくんを寝かせておいて、もし起きたら呼びに来てほしいとシマにお願いし、午後も開店。

休みの日について張り紙や口頭で冒険者に説明するとみんな慌てていた。急いでまだ二週間先の話だと伝えると、ホッとしていた。

「できればダンジョンに潜っている冒険者のみなさんにも伝えてほしいんですけど……」

「いいぞ。なら、ダグの連絡機能を使って拡散するな」

「すみません。ありがとうございます！」

店に来た冒険者に関しては私や母が話すことはできるけど、潜ってしまった冒険者や午前中に買い物にきた冒険者は知らないだろうから、そこはみなさんに手伝ってもらうことに。

本当にありがたいよね。感謝することしきりだよ。

そこからはポーションや薬を買いにきた冒険者に事情を説明しつつ、時間いっぱいまで頑張った。

終わったあとは拠点に行き、晩ご飯をご馳走になる。

今日の晩ご飯は寄せ鍋でした！

今はアレクさんが入れてくれたチャイでまったりしつつ、グレイさんのところに行く話をする。

「グレイが住んでいる領都は、フルドの先にあるんだ。スレイプニルで三日かかる」

「今回はエアハルト様のスヴァルトルと、僕のアレクシの二頭立てになりますから、もう少し早いかもしれません」

「そうですわね。それにしても、わたくしも行っていいのかしら……」

「ナディも是非、と書いてあったから、心配はいらない」

「それはよかったですわ！　実は、久しぶりに温泉に入りたいと思っておりましたの」

頬を染めながら温泉が楽しみだと話すナディさん。

もちろん私も楽しみ！

私が休みになる前日の夜に王都を出発し、最初の休憩地で一泊。そこからヘーティブロン領へ向かい、グレイさんが住んでいる領都を目指すそうだ。

そうすれば、四日はグレイさんたちと過ごせるらしい。なるほど～。

「領都は温泉が有名で、屋敷にも温泉を通しているそうだ」

「おお、さすがグレイさんですね」

「あの領地は温泉が豊富ですからね。裕福な商人あたりですと、自宅に引いていると聞いておりますよ」

「そうですわね。無料の温泉場があるとも聞いておりますわ」

「そうなんですね！」

いろいろあるんだなあ。効能も違うのかな？　楽しみ！


そして出発の日。両親もこれから出かけると言っていたので、お互いに気をつけてと声をかけ、私はいつものリュックを背負って拠点に行く。

もちろん、従魔たちや眷属たちも連れていくよ！

「こんばんは」

「よし、リンも来たな。従魔たちはどうする？　馬車にのっていくか？」

〈なにかあると困る。我らは交代で外と中にいることにしよう〉

「わかった」

ロキの言葉を聞いて、エアハルトさんが馬車の内装を必要な広さに拡げている。みんなの従魔たちはまだ馬車の速さに追いつけないとかで、馬車の中で過ごすんだって。

外にはロキとシマ、スヴァルトルとアレクシの上にラズとスミレがいる。上空をサンダーバードのルアンとクインが警戒することにしたみたい。

彼らがいると弱い魔物たちは寄ってこないからね～、早く移動できそう。

門が閉まる前に拠点を出発する。グレイさんが治める領はどんなところかな？　楽しみ！

夕飯にとララさんが用意してくれたサンドイッチを齧りつつ、馬車は薄暗い街道を走る。街灯はないからライトの魔法で対処していた。

西門から出て一時間も走るとすぐに休憩所が見えてきたけど、御者をしているエアハルトさんはそこを通り過ぎてしまった。なんでだろう？

「兄様、休憩所を通り過ぎたようですけれど、なにかありましたの？」

「冒険者と一緒に他国の商人がいた。リンの従魔たちが特殊だからな、やり過ごすことにした」

「去年みたいなことになっても面倒ですしね」

「ああ」

「去年？　なにかありましたの？」

エアハルトさんとアレクさんの会話に、不思議そうに首を傾げるナディさん。

去年フルドの街に行ったことと、そこで悪徳商人による面倒事に巻き込まれたことをアレクさんがかいつまんで話すと、ナディさんは顔を顰めながら溜息をつく。

ですよね～。私だってそんな面倒事に係わり合いたくないし。

通り過ぎた場所からさらに二時間ほど走ると、また休憩所が見えてくる。エアハルトさんによると、半年ほど前にできたばかりの休憩所なんだって。

確かに去年通ったとき、この場所にはなにもなかった。

誰もいなかったのでそのまま休憩所に入り、寝る準備。テントを馬車を囲むように設置して、焚き火をする。もちろん結界も張った。

盗賊を警戒してのことだけど、今回の見張りは従魔たちも一緒に手伝ってくれることになっている。四人しかいないので警戒は二人一組、三時間交代。先にアレクさんとナディさん、二人の従魔たちが、そして私とエアハルトさんと従魔たちで警戒に当たる。

空気は冷たいけど、雪がないだけマシだ。

念のためにとエアハルトさんが温石《おんじゃく》と湯たんぽを用意しているのはさすが！

私とエアハルトさんはあとからの担当なので先にテントに入る。従魔たちと眷属たちがわらわらと寄ってきて、もふもふツルスベまみれで眠った。

そして時間になったので起こされ、アレクさんとナディさんの報告を聞く。特になにもなかったそうだ。

「さすがにこの時間だと寒いな」

「そうですね。すぐにチャイを淹れますね」

「ありがとう」

ユアハルトさんと並んで座っていたが、さすがに寒い。

簡易竈に鍋をのせ、【生活魔法】で出した水を中に入れてチャイを作る。できたのでエアハルトさんに渡すと、私もカップに入れて一口啜る。

うん、今回は美味しくできた！

隣に座ったら腰を引き寄せられて、エアハルトさんと密着する。

うう……誰もいないとはいえ、恥ずかしい！

そんな私の心を知ってか知らずか、エアハルトさんが肩を抱くと同時に、頬にキスをされた。て、照れるからいきなりはやめてほしい！

そんな私とエアハルトさんを生温い視線で見たロキとレン、シマが〈周囲にある森を見回りに行ってくる〉と言って、それぞれの眷属たちを連れて休憩所を出る。エアハルトさんの従魔たちも一緒に行った。なにかあれば知らせてくれるだろう。

「グレイさんの領地ってどんなところなんですか？」

「そうだなあ……俺は過去に二回しか行ったことないが、領地はフルドのように温泉がある町だな。領都なだけあってフルドよりも大きい」

「そうなんですね」

領都の名前は、領地名と同じヘーティブロン。グレイさんの領地のさらに北側には、ガウティーノ家が治めている領地があるんだって。

「そういえば、フロッグの皮を使ったシートはどうしました？」

「父上に渡して試してもらったが、先日聞いた話だとなかなかいいらしい」

「おお～」

「まあ、まだ実験段階だがな。今冬にずっと試してみて作物が枯れなかったら、実用に漕ぎ着けるんじゃないか？」

チャイを飲みつつ、小声で話す。エアハルトさんによると、今のところ実験は順調だそうだ。

ただし、まだ雪が降っていないから、それを見てから決めるみたい。

「さすがに温室を作るわけにもいかないし、フロッグシートがうまくいくといいんだが」

「温室を建てないのはどうしてですか？」

「温室は全面ガラスだからな。魔物に襲われたらひとたまりもないし、金額もばかにならない」

「ああ、なるほど……」

温室ってガラスでできているから、どうしても経費が嵩んでくるんだって。そんな高価なものを領民全員が持っているはずもなく、魔物による被害が懸念される以上、領主も無闇に建てないそうだ。

なので、温室に頼るようなことをせず、季節ごとに土地の性質に合った野菜を栽培しているんだとか。

その点、フロッグの皮は軽いし、自分で狩ってくればお金もそんなに必要ない。それなりに丈夫だから、ホーンラビットやスライム程度の攻撃では、破損もしないらしい。

雨が降っていることが条件とはいえ、降っている間はずーっと外に出ているからね～、フロッグは。狩り放題なんだよね。

自分で狩ることができるのであれば依頼料などは発生しないし、発生したとしても温室を建てて維持するよりも安い。

それに、フロッグの皮は鍛冶《かじ》師や革製品を扱っている人なら、誰でも加工できると聞いた。魔物の毛皮などよりも楽に加工できるそうだ。

それもあり、領内の職人にも仕事が増えるとエアハルトさんが嬉しそうな顔で話してくれる。その笑顔も素敵！

そんな話をしていると、ロキたちが戻ってきた。

〈特になにもなく、魔物や盗賊などもいなかった〉

〈雪が降る前みたいに静かだったにゃー〉

〈来週あたりから本格的に降ってくるかもにゃー〉

「ありがとう、助かる」

「ありがとう。そっか、そろそろ降るって言ってたね、ロキも」

そろそろ本格的に降るかもしれないって言っていたけど、どうなるかな？

そして全員、走り回って体があたたまっているとはいえ冷えたみたいで、すぐに火の周りに集まってくる。お疲れ様。

その後もエアハルトさんにガウティーノ家の領地のことを教えてもらったり、ヘーティブロン領の特産物を教えてもらっているうちに朝になる。

さすがに夜明け前は冷えたし、空はどんよりと曇っている。

エアハルトさんと一緒に朝ご飯を作ってからアレクさんとナディさんを起こした。

ご飯を食べたら休憩所を出発する。

曇天ではあったけど雪が降ることもなく順調に進み、お昼前にはフルドに着く。

フルドの門には私たちの顔を覚えていた門番さんがいたようで、「去年はありがとう！」と声をかけられて照れてしまった。エアハルトさんとアレクさんは苦笑しているし、従魔たちは我関せずだ。

去年ここで遭遇したスタンピード。あのとき神酒《ソーマ》を使って怪我を治した人がいる店の前を通ったら本人がいて、目が合ってしまった。「あっ」って顔をして手を振ってくれたので、私も振り返した。

その後、宿屋に併設されている食堂でお昼を食べて休憩したあと、町を出る。街道を東に向かって馬車を進めると、領都に着くんだって。

ひたすら街道を移動して、途中フルドよりも小さい町に着く。従魔も泊まれる宿を探し、そこで一泊した。

準備を整えて町を出ると、雪がちらつき始める。街道もうっすらと雪に染まり、周囲にある木々は真っ白だ。

そんな景色や、ロキたちを見て逃げる魔物を見つつ、馬車で二時間も走ると領都に着いた。

すると、門をくぐったところに以前拠点でグレイさんの傍で見た執事さんが出迎えていて驚く。

エアハルトさんが連絡したんだろう。

「いらっしゃいませ、エアハルト様」

「招待ありがとう。案内を頼めるだろうか」

「かしこまりました」

御者台にエアハルトさんと執事さんが座り、ゆっくりと馬車が動き出す。案内がてら執事さんがこの通りにはなにがあるとか、ここは温泉が引かれている宿がある通りなど、いろいろと教えてくれる。

建物はフルドみたいに石造りと木造があって、どっちも違和感なく溶け込んでいるのが凄い。とても綺麗な街並みで見てて感動するし、途中から硫黄の匂いのような、温泉地独特な香りがしてきた。

その匂いを嗅いで、従魔たちがそわそわしているのが可愛いくて、なんとも笑える。

そうこうするうちに大きなお屋敷が見えてくる。ガウティーノ家やユルゲンス家よりも大きなお屋敷だ。おお、凄い！

門番に門を開けさせる執事さん。彼の誘導に従って、馬車が玄関の前に横付けされた。そして扉が開くと、エントランスになっているところにグレイさんとユーリアさんが。

しばらく見ない間になんだかやつれているなあ……。やっぱりハーブティーを飲んでもらおうと、しっかり決意した。

あと、栄養のあるものを食べてもらってもいいかも。そのために両親にどんな食材がいいか聞いて、料理も教わってきたからね。

ココッコのレバーを用意したよ～。他にもいろいろと持ってきた。たくさん食べてほしい。

料理人さんたちと一緒に作れるといいな！

ハーブティーは執事さんやメイドさんに覚えてもらおう。

馬車から降りて、お屋敷の中へと案内される。馬車は別の人が操って、奥のほうへと行った。

「いらっしゃい。ゆっくりしていってね」

「ありがとう」

代表でエアハルトさんがお礼を言う。間近で見ると、若干顔色が悪いなあ、二人とも。

よし！　しっかり栄養をつけてもらおう！

話はあとでということで、まずは泊まる部屋に案内される。さすが公爵家、お部屋も豪華です！　だけど下品な豪華さじゃなくて、とても品のいい、落ち着いた色合いで統一されていた。

できるだけきょろきょろしないようにするんだけど、やっぱり珍しいから、どうしても見てしまう。そんな私の様子を見て、グレイさんとユーリアさんが笑みを零した。

根っからの平民なんだから、そこは勘弁してほしいです、グレイさんとユーリアさん！

部屋に案内されたあと、荷物を預ける。といってもたくさんあるわけじゃないし、貴重品や武器などはマジックバッグに入れて持ち歩くことにした。

いつも持ち歩いている斜め掛けのやつだけどね！

旅装をといて着替えると、すぐにメイドさんが呼びに来た。サロンに案内してくれるんだって。

せっかくだから、私のことを話しつつハーブティーを淹れよう。目にも楽しいハーブティーにしようと思って、材料を持ってきたからね。

サロンに着いたあと、改めてグレイさんとユーリアさんに招待してくれたお礼を言うと、すぐにお茶とお菓子が配られる。王都よりも寒い場所にあるからなのか、お茶はチャイだった。

「みんな久しぶりだね。ナディヤ嬢は城で会って以来かな？」

「はい。ご無沙汰しております、ローレンス様」

「かしこまった挨拶は抜きで構わないよ。『フライハイト』の元メンバーとして接してくれると嬉しい」

「そうですわ、ナディヤ様。わたくしとも仲良くしてくださいましね？」

「勿体ないお言葉ですわ。わたくしもユーリア様とお話ししてみたいと思っておりましたの！　こちらこそよろしくお願いいたしますわ」

貴族女性同士でいろいろと話したいことがあるんだろう。私にはさっぱりわからない世界なのでそこはナディさんに任せ、男性のほうを向けば。

おおう、こっちも領地経営のことを話をしていて、入れない！

うーん……どうしようか。先に執事さんにお茶のことを話しておこうかな。

話しかけていいかわからずにじっと案内してくれた執事さんを見ていたら、気づいて側に来てくれた。ありがたや～。

「どうされましたか？」

「実は、グレイさんたちに珍しいお茶を飲んでもらおうと思って……」

「ほう……どのようなお茶ですか？」

「ハーブティーという、薬草を使ったお茶なんです。以前カモミールを使ったものを飲んでいただいたと思うんですけど、似たようなものです。あとミントティーもハーブティーの一種ですね」

「ほほう……」

私の話に、執事さんの目が光った気がする。こちらにどうぞと隣にある給湯室みたいなところに案内された。

今回飲んでもらおうと思ったのは、ブルーマロウティーだ。

神酒《ソーマ》や万能薬、医師が作る薬にも使われているウスベニアオイという薬草を使ったもので、とても美味しいお茶だ。

「ウスベニアオイを使うんです。今回は生のものを持ってきたので、これで淹れますね」

「この花でしたらここの温室にもございます。綺麗な花だとは思っておりましたが、薬草だったのですね」

「そうなんです。見ていても綺麗ですしね」

「左様でございます。奥様のお気に入りの花のひとつでしてね。常に温室で育てているのです」

「おお～、それは好都合です！」

まずはウスベニアオイを麻袋からいくつか取り出し、ポットに入れる。熱湯でもいいけど、できれば低めの温度のお湯を注ぐことを説明しつつ、ポットの中にお湯を入れる。

すると、ゆっくりではあるけどお湯の色が変化し始めた。

「おお……このような色になるのですね！　とても綺麗ですな」

「でしょう？　このままでも飲めるんですけど、もっと楽しんでもらうこともできるんです。見てくださいね」

お茶をカップに注ぎ、レモン汁をスプーンで一滴ごと入れる。そのたびに色が変化していく。そんな様子を、執事さんがキラキラとした目で見ているのが印象的だった。

「どうぞ、飲んでみてください」

「では。……おお、思っていたよりも飲みやすいですね」

「甘みは少ないのではちみつを入れてもいいと思いますけど、お菓子と一緒に出すのであれば、いらないかもしれません」

「そうですね」

ご機嫌な様子でブルーマロウティーを飲み切った執事さん。自分で淹れるというので材料を渡す。

「ふむふむ、これはいいですね！　さっそく旦那様と奥様に飲んでいただきましょう」

「お願いします。詳しい効能の説明は、そのとき一緒にさせていただきますね」

「かしこまりました」

ガラスのポットのほうが色が楽しめると思ったらしく、執事さんはガラスのポットとカップを人数分用意している。お菓子も少し甘いほうがいいと考えたのか、なぜか温泉まんじゅうが用意された。

お湯やお菓子の用意をしてワゴンにのせると、サロンまで戻る。

「リン、一人にしてすまなかった！」

「大丈夫ですよ～。グレイさんたちに新しいハーブティーを飲んでもらおうと思って、執事さんと淹れていたんです」

「新しいハーブティー？」

全員不思議そうな顔をしたので執事さんと一緒に実践です。

「これはウスベニアオイという薬草を使ったブルーマロウティーです。お湯を入れると色が三色に変化するんですよ」

お湯を入れるとすぐに色が出始める。

淹れたての色は、まるで透き通った海のような鮮やかな水色。そして、時間が経つにつれて、少しずつ澄んだ紫色に変化していく。

それをキラキラとした目で見ているのは、ユーリアさんとナディさんだ。

「気温や天候によっても少しずつ色が違うので、毎回違う色が楽しめますよ」

「「そうなのですね！」」

青色から紫色への変化を充分に楽しんだら、今度はレモン汁を一滴、ブルーマロウに垂らす。すると今度は、優しいピンク色に変わった。

「「まあああ!!　素敵！」」

「でしょう？　三滴くらいでやめておくといいと思います。あまり入れても味が悪くなりますし。一滴ずつ入れて、楽しむのがいいと思います。ずっと青い色を楽しみたいのであれば、水出しがいいと思います」

「まあ、お水でもこの色が出ますの？」

「はい。その代わり時間がかかりますから、夏の暑いときにやるといいかもしれません」

「そうね。今は寒いものね」

抽出時間によって色が変化するから、そこは自分の裁量で楽しんでほしいと話した。

全員が口をつけたところで、効能の話です。

「このハーブティーは、咳が止まらないときや、痰が絡むときなどに飲むのがオススメです。さらに粘膜を保護する効果もあるので、傷んだ喉のケアにも有効なんです」

「この時期にぴったりだね、リン」

「そうですね。薬草自体はダンジョンでも採れますし。このお屋敷にもあると聞いたので、いつでも飲めると思います。ただ、ハーブティー全般に言えることなんですけど、たくさん飲んだからと言ってすぐに症状が改善するわけじゃないので、そこは自重してくださいね」

「わかった」

目で楽しんで、味も楽しんで。

これから私のことを話すのは気が引けるけど、話すと決めたんだからしっかり話しますとも。

しばらく雑談をして、グレイさんたちを含めた『フライハイト』のメンバーだけにしてほしいとお願いをする。グレイさんはすぐに人払いをしてくれた。

そして強力な結界を張ることも忘れない。さすがです！

「で、どうしたんだい？」

「……私が〝渡り人〟だと言ったら、どうしますか？」

「『え……？』」

言葉の意味を理解したのか、グレイさんとユーリアさんは呆けた顔をしたあと、ソファーに深く座り込み、その背にもたれた。それから溜息をつくと、続きを話すように促される。

この世界に来た経緯や事情など、エアハルトさんたちにしたのと同じ話をしたのだ。

「……アントス神はなにをやっていらっしゃるのか……」

「ちょっとイメージが崩れそうですわね……」

「確かにね。それはともかく、リン。父上……いや、陛下にはこのことを……」

「話しました。宰相様と団長さんにも。ただし、王太子様には内緒にしてくれるそうです」

「兄上はやらかしすぎたからね……。信用がないのも仕方がないか」

僕も信用されてなかったのかな……とぼやくグレイさんに、否定しておく。

そこからきちんと『アーミーズ』と合同でダンジョン攻略したときの話をして、私自身は二人にも話そうとしていたことを伝える。

「あ～、僕自身のせいなのか。確かにポロッと大事なことを言っちゃうこともあったね。それはみんなを信用して信頼していたからだよ」

「わかっています。だけど、あの当事はまだ王太子様に傾倒しているというか、〝王子〟という気持ちが強かったんじゃないですか？　王子としては私のことを王様たちに秘密にするなんてできなかったと思いますし。それが両親が反対した原因だと思いますよ？」

「そうですわね。あのときは、冒険者でありながら『王族として』『王子として』という気持ちのほうが強いように感じられましたわね、わたくしも」

「そうかもしれない」

ユーリアさんの指摘に、グレイさんは納得した顔をしている。臣下になって、領地経営をするようになって、グレイさんの心境は変わったんだろう。

いい領主になるといいなあ。

「僕も言わない。もちろん、兄上にもね。兄上ならリンを王宮に招こうとするだろうし」

「そうですわね。わたくしも言いませんわ。リンを妹として可愛がっているんですもの。家族を裏切るようなことはしたくないですわ」

「そうだね」

二人の言葉に慌てる。

「いや、さすがに妹はまずいと思うんですけど」

「今さらでしょ、リン」

「そうですわよ？　お兄様、お姉様と呼んでくださったのですもの。それなりの扱いをしますわ」

「呼びましたけど、それは違うと思うんですけど！」

なんだか会話が噛み合っているようで、噛み合ってないんですけど！　まあクスクス笑っているんだから、わざとだと思うけどね。

その後は領地のことを教えてもらったりしているうちに、夕方になってしまった。寒くなってきたので暖炉に薪がくべらる。

晩ご飯はなにかな？　楽しみ！

近況報告がてら話しながら食事をしているとあっという間に時間が過ぎた。あっという間に食べ終わり、今はサロンでまったり中。

晩ご飯は温泉で茹でた野菜と、温泉卵がのったハンバーグ、チーズが練り込んであるパンと具材がたっぷり入ったスープが出された。とっても美味しかったです。

私がレシピに詳しいと知っていたのか、明日の夜は「一緒に料理しませんか？」と料理人さんにお誘いをいただいたので、さっそくレバーを使いたいと思います！

まあ、それはともかく。

「この寒さだと、今夜か明日あたり本格的に雪が降るかもしれないね」

「そうなんですね」

グレイさんによると王都よりも北にある地域だから、雪が降るのは二週間ほど早いんだって。ガウティーノ侯爵家の領地はさらに北にあるから、もしかしたらもう降り始めているかもしれないと、エアハルトさんとアレクさん、ナディさんが話している。

「いつか、侯爵領にも行ってみたいです」

「今年はダンジョンの件でゴタゴタしているが、早ければ来年の夏に連れていけるといいな、と考えている」

「おお～、楽しみにしていますね！」

はやくスタンピードの件を解決してみんなでゆっくりしたいな。

アントス様のお告げがあってから小まめにダンジョンを確認しているから、今すぐになにかが起こるわけじゃないとはわかっているけれど……少しは不安もある。

グレイさんに私の世界のことを教えてほしいと言われたけど、夜も更けてきたからまた明日ということになった。

話してと言われても、私が知っていることなんてたかが知れている。

そんなんでいいのかな。まあそこはなにが知りたいかによってだよね。そもそも知らないと話せないこともあるし。

明日は領地にある温泉に連れて行ってくれるそうなので、楽しみにしながら、小さくなった従魔たちや眷属たちと一緒に眠った。


翌朝。ご飯を食べたら、公爵家の馬車で出発。温泉はお屋敷の裏側にある山の中なんだって。

「山の中ってことは……露天風呂ですか？」

「そうだよ。露天風呂を知っているだなんて、さすがリンだね」

グレイさんがにっこりと笑っている。

「故郷にもありました」

「リンの故郷はどのようなところでしたの？」

ユーリアさんも楽しそうに聞いてくれる。

「そうですね……」

馬車の中には『フライハイト』のメンバー以外いないから、いろいろ話しても大丈夫なのだ。

それぞれの従魔たちも馬車の中にいるよ～。ただし、外にいたいからとロキとレンとシマは馬車の横を走っている。レンとシマは寒いのが苦手なのに……大丈夫かな？

「私がいた国には、温泉が出る地域がたくさんありました。火山が活発な国だったんです」

「へえ……」

「その地域独特の料理もありましたね」

「温泉まんじゅうや温泉卵もありましたの？」

「ありましたよ。その地域によって形も大きさも様々でした。肉まんというものもありました」

「「肉まん！」」

肉まんという言葉に、グレイさんとユーリアさんが反応した。

しまった、これはレシピを教えてくれ！　っていうパターンかな？　と思ったら、案の定そう言われてしまった。

うう……私は肉まんのレシピは知らないのに……。あとで検索してみよう。温泉まんじゅうのレシピがあるんだから、きっと肉まんもあるはず。……あってほしい。

「それは帰ってからでいいですか？」

「ああ、それでいいよ」

「楽しみですわ！」

「わたくしも！」

「俺も食べてみたいな」

「僕もレシピが知りたいですね」

おおう……みなさん興味津々でした！

これは本当にレシピをなんとかしないと……

そして馬車を走らせて一時間、目的地に着いた。森に囲まれている中にぽつんと建物がある。わりと大きな建物だ。

中に入ると、温泉の入口はきちんと男女に分かれていた。

混浴だったらどうしようかと思ったよ……。ま、まあ甚平を着て入るから問題ないっちゃ問題ないんだろうけどね。

「じゃあ、ゆっくりしようか。たまに動物や魔物が温泉に入っていることがあるけど、気にしないでほしい」

おお、この世界でも動物や魔物が温泉に入ったりするのか～！　いるといいな！

従魔たちはそれぞれの主人と一緒に行く。一番大所帯なのは私だから、みんなには小さくなってもらう。

ユーリアさんの案内で女風呂へと行くと、フルドの町のような籠が置いてあった。その中に持っていたものや着ていたものを入れ、代わりに甚平とTシャツを着る。

着替え終わったら扉を開ける。すると、サルが入っていた。

「あら、珍しいですわね。ミニフォレストモンキーですわ」

「魔物ですよね？　襲われたりしないんですか？」

「不思議としないんですの。怪我の治療に来ているからかもしれませんわね」

「ああ、湯治に来ているんですね」

「「トウジ？」」

ユーリアさんとナディさんが不思議そうな顔をする。

「温泉に浸かって怪我を治す概念っていうんですかね？　そういうのがあったんです、私の故郷にも」

「「なるほど」」

さっとお湯をかけて露天風呂の中へと入る。お湯はちょうどいい温度だった。

左右には仕切りがあって見えないけど、目の前には絶景が広がっている。

「おお～！　凄いですね！」

「そうでしょう？　もう少し早ければ赤や黄色に色づいた木々が見られたのですけれど……」

「充分綺麗ですよ、この景色も」

「そうですわね。遠くまで見渡せますもの。山々が綺麗ですわ！」

「そう言っていただけると、わたくしも嬉しいですわ」

頬を染めながら、嬉しそうに笑うユーリアさん。ナディさんもキラキラした目で景色を眺めている。

「ほんと？」

〈リン、雪が降りそうだ〉

ロキが温泉に浸かりながら空を眺めていたと思ったら、しきりにくんくんと鼻を動かし始めた。

そうこうするうちにひらりひらりと白いものが舞い出した。

「おお、雪だ！」

「綺麗ですわね」

「本当に」

「けれど、ゆっくりもできませんわね」

もう少し温まったら上がり、ここから出ようという話をするユーリアさん。どれくらい雪が降るのかわからないから、できるだけ早く下山したいんだって。

そうじゃないと、馬車が立ち往生してしまう可能性もあるから。

できるだけゆっくり浸かり、着替えをすませる。男性たちも同時に出てきた。さすがに牛乳はなかったけど、お水があったのでそれを飲み、馬車にのり込んで出発。

帰りは雪がちらちらと舞う様子を見ながら下山したけど、ちょうど雲の切れ目だったのか途中で止む。どのみち数時間もすれば領都全体にも雪が降るだろうと、ロキもグレイさんも話している。

お屋敷に着いたので、一旦解散。

従魔たちと一緒にまったりしつつ、タグの機能を使って母に肉まんのレシピを知っているか連絡した。

そのついでにスマホで検索したら……あったよ、肉まんのレシピが！

「どこで作っているのかなあ。グレイさんが知らないってことは、東か北の大陸だよね」

和食や中華に似ている料理は、そのほとんどが東大陸からのものだ。転生者がいるドラールで作っている可能性もあるけど、マドカさんや母が作っているのを見たことがない。

もしかしたら『アーミーズ』の拠点では作っているかも、と母からの連絡を待っていると、母ではなくてマドカさんから連絡が来た。

マドカさんが送ってくれたレシピを紙に書き写す。せっかくだから、今日の三時のおやつに出してもいいかな？

まずは材料があるかどうか聞かないといけないからと、部屋を出る。ちょうどメイドさんに会ったのでグレイさんに会いたいと言うと、部屋に案内してくれた。

「こちらになります。少々お待ちください」

「はい」

「ローレンス様、リン様がお見えになりました」

「入ってもらって」

「かしこまりました。リン様、どうぞ」

「ありがとうございます」

メイドさんがドアを開けてくれたので、そのまま中に入る。グレイさんは仕事中だったのか、机の上に書類が散乱していた。

出直そうかな、と思ったらグレイさんが顔を上げる。なんだか疲れた顔をしていて、せっかく温泉に入ってきたのに……と、内心で溜息をついた。

「リン、どうしたの？」

「肉まんを作ろうと思って、厨房を使う許可をもらいにきたんですけど……お忙しいところに来てしまったみたいで、すみません」

「ああ、大丈夫だよ。ちょっと計算が合わなくて、悩んでいたんだ」

「計算……見てもいいですか？」

「ふむ……これは一般に公開する書類だからいいよ。どうぞ」

おいでと言われたので近寄ると、一枚の書類を渡される。ざっと見た感じだと、損益計算書みたいな書類だった。簿記でやったし仕事でもやったなあ……と懐かしくなる。

ざっと計算すると、一カ所おかしなところがあった。

「グレイさん、ここなんですけど、数字がおかしいです」

「え……？」

机に置いて数字がおかしいところを指差し、指摘する。それを見たグレイさんは別の書類を出して、見比べていた。そして驚いたように目をみはる。

「凄いね、リン。当たりだ」

「よかった！　間違っていたらどうしようかと思いました」

「どうしてわかったんだい？　そんなに簡単なことではないだろう？」

「故郷にいたときにしていた仕事が、こういった経理関係の仕事だったんです。資格も持っていました。故郷の呼び方だと、簿記っていうんですけどね」

「へえ……」

簿記がどんな仕事か説明すると、納得した顔をしたグレイさん。

「損益計算書ですよね、これ。私が知っているものと違いますけど」

「そうだよ」

おお、やっぱり損益計算書だったか！　そこから故郷ではどんな計算書だったか聞かれたから、白紙をもらって簡単な表を書いた。項目はほとんど変わらないけど、計算や数字が書き込みやすくなっているものだ。

グレイさんがその表を見て唸っている。

「こんな簡単にできるんだ……。リンは本当に凄いんだね」

「私自身はぜんぜんダメですよ。この資格だってやっとの思いで取ったんです。凄い人はもっといました」

「謙遜することないよ。本当に凄いから」

「いやいや。グレイさんのほうが凄いですって。物覚えの悪い私がなんとか覚えていたものですし、これが仕事でしたから。覚えていてよかったです」

ほんと、よく思い出せたよね。

「この表を使ってもいいかい？」

「いいですよ。それでグレイさんの仕事が捗るのであれば」

「もちろん捗るよ。この表ならね」

これを使えば不正もすぐに見つけられるね、と黒い笑みを浮かべているグレイさん。

……さすがお貴族様、おっかないです。

「ああ、そうだった。厨房を使う許可だったね。いいよ」

グレイさんがチリリンとベルを鳴らすと、執事さんが顔を出す。

「お呼びでしょうか」

「ああ。エドモン、リンを厨房に連れていってあげてくれるかい？　僕たちが食べたいと言った料理を作ってくれるそうなんだ」

「おお！　新作でございますね！　リン様、こちらにどうぞ」

漫画だったら、お花やハートを飛ばしていそうな雰囲気を醸し出している、執事さんのあとをついていく。

「私は平民なので、様付けはやめてください」

「そういうわけにはまいりません。リン様は旦那様と奥様の怪我を治された薬師様であり、旦那様方が妹とおっしゃる方ですから。失礼になってしまいます」

「そこをなんとか！」

「無理でございます」

ぐぬぬ……初めて無理って言われた～！　その後厨房に着くまで何回もお願いしたんだけど、折れてくれることはなく……。結局私が折れることになってしまった。

残念！

「こちらでございます。アンディ、リン様がいらっしゃいました。旦那様の許可はいただいています」

「おう、ありがとさん！　薬師様、今日の夕飯は一緒に頼むな！　俺はアンディっていうんだ。よろしく！」

「リンと申します。リンだけでいいですよ」

「ならリンちゃんって呼ぶわ。でどうした？　夕食には早いけど」

「新作を作られるそうです」

「「「「おお～！」」」」

執事さんの言葉にめっちゃ喜んでるよ、料理人さんたち。ちょっと早いけどついでに、レバー料理も一緒に作ってしまおう。

「できたらお呼びください。みなさんの元にご案内いたします」

「連れてきていただいて、ありがとうございました」

「どういたしまして」

執事さんにお礼を言い、厨房に入る前に髪を纏めたりエプロンをしたりして準備。

それからアンディさんに肉まんの材料がどれだけあるか聞いたところ、ひとつを除いて全部あるとのこと。

レシピを見ながら、まずは生地作り。料理人さんたちが、自分の作業をそっちのけで興味津々な様子で見ているけど……晩ご飯の準備はいいんだろうか。

そう思って聞いたら、今日の分はある程度終わっているんだって。手が空いているなら一緒に作りませんかとお誘いしたら、喜んでくれた。

生地の材料を量り、捏ねる。もちろん彼らはメモを取っている。

パンと同じように寝かせなければならないので一旦生地は置いておいて、今度は中に入れる餡を作る。

オークとバイソンのお肉を使ってみた。あとは玉ねぎと、好みでキノコを入れても美味しいと伝えてからしいたけに似た味のキノコも入れ、粘りが出るまで捏ねる。このあたりはハンバーグと同じなので、みなさん納得の表情だ。

生地ができるまでまだ少しかかるからと、ココッコのレバーを出す。

「それはココッコの内臓だろ？　食えんのか？」

アンディさんが聞いてくる。

「食べられますよ。ただし、新鮮なもの以外は難しいかもしれません」

「確かにな」

「で、これは串に刺して焼いて食べてもいいんです。煮てよし、焼いてよし、炒めてよし、ペーストにしてよしの食材です」

「そんなに美味いもんかあ？」

「まあ、見ててくださいって」

ニラを出し、いわゆるレバニラを作る。もちろん味付けは醤油。

それから煮たり、焼鳥のように串に刺してタレや塩で味付けしたり、ペーストにしたりといろいろ作ってみた。

他にも料理はあるんだろうけど、私はこれしか知らないんだよね。

なので、他の料理は試行錯誤してほしい。

「どうぞ。ペーストはパンに塗って食べてください」

恐る恐るといった感じで口に運ぶ料理人さんたち。それぞれを味わうように食べていたんだけど、急に目をカッと見開いたアンディさんが、ガシッ！　と私の肩を掴んできて、ちょっとびびる。

「な、なんでしょうか」

「……こんなに美味いもんだったんだな……この内臓って！」

「は、はい。レバーっていうんです。肝臓の部分です」

「肝臓か……初めて食べた……」

「それに、貧血の人にいいって聞いたことがあります」

うろ覚えなのが申し訳ない。あとで父に聞いて、グレイさんに手紙で知らせよう。

「ふむ……それはいいな」

「あ、でも、身ごもっている人は、たくさん食べたらダメだとも聞きました。理由は私だとわからないので、あとで医師である父に聞いてみますね」

「おお、そうか。それを聞いておいてよかった。奥様が身ごもられていた場合、大変なことになるかもしれないからな。こんなに美味いと、たくさん食べたくなっちまう」

「そうなんです。気をつけてくださいね」

結婚して半年経つし、あり得ない話じゃないもんね。

晩ご飯の一品にレバニラを出すと言ってくれたので、持ってきたレバーとニラをたくさん出すと、顔を引きつらせていた。使用人のみなさまも一緒にどうぞと話すと、頷くアンディさん。

気に入ったらまた作ってほしいなあ。

そんな話をしているうちに肉まんの生地が出来上がった。適度に分けて広げ、その中に餡を入れてくるみ、上を捻る。他にもアジュキを甘く煮て中に入れても美味しいと話すと、そのうちやってみると話していた。

蒸すと大きくなるからと蒸し器の中でできるだけ離して置いてもらう。十五分も蒸すと出来上がった。

「これが肉まんです。温かいうちにどうぞ」

蒸し器から取り出して、それぞれ食べてもらう。私も一口齧ってみた。

うん、生地はふっかふかだし、餡もいい味になっているし、肉汁がじゅわ～って出てきて美味しい！

「「「うめえ！」」」

「それはよかったです！」

「さっそく旦那様と奥様に持っていこう。おーい！　誰か、エドモンを呼んでくれ！」

「はい！」

外を通りかかったメイドさんが返事をして、すぐに執事さんを連れてきてくれた。

これから肉まんのお披露目と実食です！

ワゴンにグレイさんとユーリアさん、念のためにエアハルトさんやアレクさん、ナディさんや従魔たちの分ものせ、執事さんのあとをついていく。

ワゴンは執事さんが押してくれた。

「旦那様、リン様をお連れしました」

「ありがとう」

連れていかれた場所はサロンで、ちょうどみんなで休憩していたみたい。おやつの時間に間に合ってよかった！

「リン、なにを持ってきたのかしら」

「馬車の中で話した肉まんです。熱いので、火傷に気をつけてくださいね」

晩ご飯前だから一人ひとつと約束させ、執事さんにも食べてもらおうと渡す。もちろん、使用人やグレイさんの部下の分もあるが、それは料理人さんに任せた。

仄かに湯気がたつ肉まんを手にとると、みなさんの顔がほころぶ。そして一口齧りつくと、驚いた顔をしたあとで笑顔になった。

うんうん。笑顔になるよね、肉まんって。

ただね……この世界では筍を見たことがないんだよね。レシピに書いてあったけど、今日はなかったから入れなかったのだ。どこかにないかなあ。

「とても美味しいですわ、リン！　外はパンのようにふわふわで、中はお肉からじゅわ～っと味が出て」

「そうだね。しかも、その味を生地が吸ってくれているのもまたいい！　材料はなんだい？」

「今回はオークとバイソンのお肉をひき肉にしたものと、他には玉ねぎとキノコが入っています」

もぐもぐと口を動かしながら話すみなさん。

材料を説明すると、納得した顔をしていた。

「あとひとつ食材があるともっと美味しくなるんですけど、見たことがなくて……」

「あ～、美味しかった！　どんな食材？」

「筍っていうんです。竹が伸びきる前の状態のものなんですけど……」

どう説明していいかわからなくて、身振り手振りも交えて説明したところ、ユーリアさんが真っ先に気づいてくれた。

「ああ、バンブーの芽ですわね。とてもではないですが、硬くて食べられませんわよ？」

「え、この領地にあるんですか!?」

本当に筍があったよ！　しかもバンブーの芽って……まんまじゃん！

「あるよ。エドモン、確か倉庫にあったよね？」

「ございますよ。お持ちいたしましょうか？」

「いえ、すぐに使いたいので、一緒に行きます」

「では、僕も行きます」

今度はアレクさんも一緒に執事さんのあとをついていく。連れて行ってくれたのは食材倉庫になっているところみたいで、たくさんの食材が並んでいた。

その中にあったよ、皮がついたままの筍が！　しかも、日本で見たサイズと同じ！

「こちらでございます」

「おお、これです！　何本かいただいてもいいですか？　料理に使いたいんです」

「お？　エドモンどうした？　ってリンちゃんもかよ。バンブーの芽なんか持って」

「これも料理します」

「おいおい、そんな硬くて苦いのは食えんだろうに」

「ちゃんと下処理をすれば食べられますよ？」

食材倉庫にはアンディさんもいて、彼にも筍は硬いと言われてしまった。というか、食べ物だって認識されていないのに、なんで食料倉庫にあるの？

そう聞いたところ、グレイさんが栗と一緒に発見して持ってきた際に、【アナライズ】で見たら食用可になっていたから、だそうだ。

だけど煮ても焼いてもえぐみが強くて、食べられないからとそのままにしてたんだって。処理は採ってすぐにしないといけないことと、収穫の際は日光に当てないようにすることも伝えると、執事さんがグレイさんに話すと言ってくれた。

ということで再び厨房に戻ると、まずはお米を研ぐ。その研ぎ汁はとっといてもらい、それから唐辛子も用意してもらった。

まずは皮がついたままの筍の先端を切り落とし、下のほうにある皮を二、三枚剥いてから大きな鍋に入れる。その中に米の研ぎ汁を筍が被るくらいまで注ぎ、他に少量のお米と唐辛子を入れて火にかける。

「一回皮ごと煮るんです。料理はそれからするんです」

「なるほど」

火加減を見つつ今は時間がないので、十五分から二十分ほど煮る。本来は弱火で一時間煮ることも伝える。

時間がきたので、串を刺してみる。ちょっと硬いかな、ってくらいになったら火を止めた。もちろん、みなさんに硬さを覚えてもらうために、串を刺してもらったよ。

本来はこのまま一晩寝かせるんだけど、今はすぐに使いたいからとひとつだけ取り出して皮を剥く。念願の筍ご飯を作るよ！

「今度はなにを作るんだ？」

「バンブーの芽を使った炊き込みご飯です。こうやって下処理をしてからやると、美味しくできるんです」

「なるほどなあ」

私とアレクさん、料理人さんたちと一緒になって筍ご飯と、筍を入れた肉まんを作る。肉まんの生地は覚えるためにアレクさんが作ってみたいとのことだったので、別の料理人さんと一緒に任せる。

筍を薄くスライスして、洗ったお米の中に入れる。その中に調味料と昆布を入れ、土鍋で炊いた。

料理人さんたちも作っているから、これが晩ご飯になりそうだ。

あとはなにを作ろうかな。筍が入ったお味噌汁と筑前煮がいいかな？　それとも土佐煮？

アンディさんに相談し、結局筑前煮の材料を用意してもらう。

こんにゃくはないとのことだったので、持っていたものを提供しました！

なんで持っているかって？　ビルさんが時々店に来て、こんにゃくと味噌田楽を譲ってくれるからです。ありがたや～。

そうこうするうちにご飯が炊き上がり、おかずも完成。これだと足りないからと料理人さんたちが温野菜サラダやロック鳥のステーキ、レバニラなどを用意してくれた。美味しそう！

肉まんも出来上がったところで、ちょうど晩ご飯の時間になった。迎えに来た執事さんと一緒に食堂に行く。

「リン、今日はどんな料理なんだい？」

「見てのお楽しみです」

グレイさんと話しているうちに料理が運ばれてくる。アンディさんが自ら持ってきて、どんな料理なのか説明してくれた。

「あの硬いバンブーの芽がご飯になるのか。凄いな」

「美味しそうですわね！」

「そうですわね！」

「これは期待できるな」

「そうだね。じゃあ、食べようか」

グレイさんの言葉を合図に、それぞれフォークやスプーンを持って食べ始めるみなさん。お箸を使えないからフォークやスプーンなんだよね。文化の違いともいう。

そして私も筍ご飯ならぬバンブーの芽ご飯を一口食べる。食感は日本のものと変わらない。

すっごく美味しい！

「こりこりとした食感がいいね、これ」

「本当に。ローレンス様、領地の特産物にならないかしら」

「なるかもしれないね。そのためにはしっかりとした事業にしないと」

「グレイ、この肉まんも領都の特産物にしてみたらどうだ？　温泉饅頭のようにしてもいいだろうし」

おおう、エアハルトさんってばなんつー提案をするんだ！

そして考えこまないでくださいグレイさん！

「……そうだね。リン、このふたつはアンディたちも作ったかい？」

「はい。一緒に作りました」

「そう。なら、あとで作り方を聞くことにしよう」

「そうですわね。リン、バンブーの芽はどれくらい保つのかしら」

「一度下処理をしてありますから、一週間くらいですかね？　まあ、一回で使い切れると思いますよ？」

他にも、真空パックのことを話した。皮袋に水と下処理した筍を入れて、完全に空気を抜いてから口を縛ったら同じようにできるかもしれない。

ただ、ビニールじゃないからうまくいくかわからないのが痛い。

もしくは瓶詰めのほうがいいかもとも話した。瓶詰めならばソースが売られているから、同じ方法でやればいいと。そうすれば、もっと日持ちするかもしれないし。

「ただし、封を開けたらどれくらいで使いきらないといけないかの説明は、したほうがいいかもしれません。専門ではないので、詳しいわけではないんですけど……」

「そこは僕たちの仕事だよ、リン。その提案をしてくれただけで、充分助かる」

「そうですわ、リン。試行錯誤をするのがわたくしたちの仕事ですわね」

新たな事業になりそうだと、喜ぶグレイさんとユーリアさん。事業になれば仕事が増えて領地が潤い、領民に還元できるからだそうだ。

こういうとき、なんでも知っている人は凄いなあって思う。私はうろ覚えというか、見たことがあるものを見たままにしか説明できないから。

『アーミーズ』のみなさんならもっと詳しく教えられたんだろうなあ、と思ったけど、グレイさんたちに話していないみたいだから、黙っていた。私の秘密じゃないからね。

食事も終わり、サロンに移動する。そこで聞かれたのは、主に故郷の食べ物のことだった。どんな食材があったとか、どんな料理があったとか。

あとはどんな仕事をしていたのか、どんな国だったのかを。私が知っていることだけだと前置きをして、話をした。

もちろん、外に漏れないよう、ロキとレンの強力な結界を張ってね。

施設にいたときの話をしたらとても痛ましそうな顔をされてしまったけど、今はみなさんと出会えて嬉しいことと楽しいことを伝えたら、嬉しそうな顔をしてくれた。

テーブルゲームやトランプの話をしようと思ったけど、やめた。下手にそんなことを言ったらまた城にお呼ばれされちゃいそうだし。

それに、もしかしたら他の大陸に渡った渡り人や、ドラール国の転生者が伝えているかもしれないしね。この国に輸入されるまでは黙っていよう。トラブルはたいてい私の一言が原因なんだから、本当に気をつけよう。

そのあとで王様から依頼されたスタンピードの話と、アントス様からの依頼についての話になった。

ヘーティブロン領には上級ダンジョンがないそうだ。他にダンジョンコアが見つかっていないダンジョンがあるものの、ラスボスの攻略はできているらしい。

「とりあえず安心はしているんだけれど、僕たちがダンジョンに潜って、確認する時間もないんだよ……」

そう話したグレイさんは、スイッチが入ったようにいろいろな愚痴をこぼし始めた。

領地経営は順調だけど特産物がないとか。温泉があるから観光地としては有名だけど、管理者がダメダメで去年出くわしたような小さなスタンピードが何度か起きたとか。

それはもうありとあらゆる愚痴をこぼしたのだ。

相当ストレスが溜まってるんだなあ……と、苦笑しながらそれを聞いていた。

ある程度吐き出したところで、エアハルトさんが王様の依頼について話を戻し、ヘーティブロン領におけるダンジョンの状況を詳しく聞いた。

「そうだね……。さっきも言ったけれど、コアが見つかっていないダンジョンはあるものの、最下層のボスはすべて攻略されているから問題ないよ」

「唯一、問題があるとすれば、最近見つかったダンジョンですわ」

「新たに見つかったのか？」

「ああ。今のところ二十階層まで攻略されていて、五階層ごとに中ボスが出るダンジョンなんだ」

「へえ！　魔物やドロップ品はどうだ？」

「出現する魔物は今のところ初級が多いけれど、二十一階層から中級の魔物が出たという報告があってね。どのレベルのダンジョンに指定しようか悩ましいんだ、うちの領のダンジョンは珍しいからね……」

そう言って小さく溜息をつくグレイさん。

王都周辺は十階層ごとに中ボスが出るダンジョンばかりだけど、この領地のように五階層ごとに中ボスが出るダンジョンも多少はあるそうだ。その場合は初級の魔物が出ることが多いそうなんだけど、今回見つかったダンジョンは途中から魔物の強さが変わるというタイプのダンジョンなんだって。

今は三チームのSランク冒険者が交代で潜り、魔物やドロップ品、セーフティーエリアの数、他にも罠の有無や宝箱はあるかなど、こと細かく調べている途中らしい。

「魔物の多さはどうなんだ？」

「報告によると、他のダンジョンに比べて若干湧きが速いけれど、今のところスタンピード直前のモンスターハウスにはなってないそうだよ」

「それはよかったな」

特別ダンジョンに潜ったときは、モンスターハウスになっていたもんねぇ……

「だから、陛下からの話は特に問題はないよ。きちんと抑え込むつもりだ。ただ、せっかくエアハルトたちが来てくれたから、一緒にダンジョンに潜りたいんだけど……どうかな」

グレイさんの提案に全員の従魔たちと眷属たちがそわそわし始める。それに苦笑していると、しばらく考えていたエアハルトさんがグレイさんに言った。

「リンの店のことがあるから、予定していた滞在期間を延ばすわけにはいかないが、俺は構わない。みんなはどうだ？」

「僕も大丈夫です」

「わたくしも」

「私も大丈夫です」

もちろん、そわそわしている従魔たちと眷属たちも頷いている。

「ありがとう！」

「ところでグレイ。ダンジョンに潜るのはいいが、領主の仕事は大丈夫なのか？」

「エアハルトたちが来るとわかっていたから、仕事は調整しているよ」

「そうか。なら、問題なさそうだ。日程はどうする？」

「時間があるなら一泊したいけれど……」

言葉を濁しつつ、エアハルトさんの様子を窺うグレイさん。

「わかった、一泊だな。俺たちは王都に戻らなければならないから、それ以上はダメだ」

「本当かい⁉　ありがとう、エアハルト！」

珍しく破顔したグレイさんに、エアハルトさんは苦笑している。

そこから、どこのダンジョンに行くのか教えてくれたんだけど。

今回行くダンジョンはこの領都から徒歩で十分ほどの距離にある、中級ダンジョン。食用となる肉をドロップする魔物が多いそうだ。他にも野菜と果物、薬草が採取できるという。

お肉を落とすと聞いて、俄然張り切り出したのは私の従魔たちと眷属たちだ。

てなわけで、一泊二日のダンジョン行きが決定しました！

準備は大げさにする必要はないが、一泊するので食料は必要。そこはグレイさんが誘ったからと、乾燥野菜と乾燥キノコを提供してくれることに。

他の食材はダンジョンで採れるものでカバーしようということになり、必要最小限の用意をしてダンジョンに潜ることになった。ポーションに関しては現地調達か、このメンバーなら魔法で対処できそうということで、たくさんは必要ないみたい。

出発時間を決めたあと、宛がわれた部屋に戻る。

〈明日、楽シミ！〉

〈ラズも！〉

〈グレイが、オークとロック鳥はどの階層でも必ず出ると言っていたな〉

スミレとラズ、ロキが楽しみそうな声音で話している。

「それ以外では、どんなお肉が出るんだろうね」

《《《楽しみにゃ～》》》

〈いっぱい狩って帰ろうね、リンママ〉

「うん」

そしてレン一家とロックも、同じように楽しそうに話す。

興奮して眠れなさそうな従魔たちの声を聞いているうちに、いつの間にか眠っていた。


翌朝、夜明け前に起きて朝食を食べ、夜明けと共にダンジョンに向かう。ダンジョンに到着するころには、日が昇っていた。

ダンジョンの入口は相変わらずアーチ形だ。中に入ると、そこには草原と森が混在しているような景色が広がっていた。

「おお～、凄いですね！　特別ダンジョンみたいです！」

「あ～、景色は近いかもしれない」

「そうなんですね！　薬草もあるんですよね？」

「あるよ」

「楽しみです！」

どんな薬草があるのかとさっそくスキルを発動すると、草原だけじゃなく森からも下三角マークが見え始める。他にも果物やキノコ類があるみたい。

お肉を落とすダンジョンなだけあり、草原にいる魔物はホーンラビットに羊、牛と様々だ。

あとはロック鳥が空を飛んでいたり、森にはフォレストウルフと初めて見るヘビ、オークもちらっと見えた。

「いろいろいるんだな」

「ああ。羊は、濃い黄色がマトンシープで、小型で白いのがラムシープ。牛はプレアリーカウ。ヘビはフォレストパイソンというんだ」

私たちが初めて見る魔物の名前を、グレイさんが教えてくれる。この階層にはいないけど、他にも牛系の魔物であるミノタウロスや特別ダンジョンにもいたビッグシープ、ブラックバイソンとホワイトバイソンもいるそうだ。

「おいおい、それらは上級ダンジョンの魔物に当たるんじゃないのか?」

エアハルトさんが突っこむ。

「本来はね。けれど、このダンジョンはどうにも〝普通〟が通じないようでね……」

溜息をついたグレイさんが、ダンジョンのことを教えてくれたんだけど。

昨日の夜に話していた通り、ヘーティブロン領のダンジョンは初級と中級ばかりで、上級ダンジョンと特別ダンジョンはないという。まあ、お肉しかドロップしないダンジョンという意味では、このダンジョンは特別と言えるんだけどね。

そんなヘーティブロン領にあるダンジョンは、ここを含めて、下に行くほど出現する魔物のランクが上がるそうだ。

つまり、先日話してくれた、新たに見つかったダンジョンと同じということになる。

新たなダンジョンではまだ中級の魔物しか出ていないけど、これから上級が出るかもしれないんだとか。

ちなみに、下層に行くほど魔物のランクが上がって上級のものも出ているのに、どうして初級や中級ダンジョンしかないのか。それは、魔物のランクが高くとも、レベルが一桁しかないからなんだって。

「は？　一桁⁉」

「ああ。どんなにランクが高い魔物でも、レベルが固定されているんだ」

一桁というよりも、レベル一で固定されているんだとか。

たとえばイビルバイパー。特別ダンジョンに出るイビルバイパーはレベル百五十を軽く超えているんだけど、ヘーティブロン領のダンジョンに出るイビルバイパーはレベル一なんだそうだ。

いくらBランクの魔物といえど、レベル一だとしっかりと装備などを整えたCランク冒険者パーティーでもなんとか倒せるくらいの強さらしい。

とはいえ、いくらレベル一といえども、そこはBランクの魔物だ。討伐はBランク以上で推奨しているとのこと。

まあ、じっくりダンジョンを攻略していけば必然的に冒険者のレベルもランクも上がるから、下層に着くころにはBランクになっていることがほとんどなんだって。

だから、あまり危険視されていないらしい。

「は～……そんなことがあるんだな」

「僕もこの領地に来るまで、知らなかったんだけれどね」

なんでこんなダンジョンなんだろうねえ……と全員で溜息をつく。

……アントス様だからとしか言いようがないよね、これ。もしここに『アーミーズ』のみなさんがいたら、きっと私と同じことを考えたと思う。

それはともかく、どのみち今日は下層まで潜る予定はないし、いつか潜ってみたいねと話しているとオークが三体、寄って来た。

なのですぐに戦闘態勢になる。

六人で戦闘をするのは初めてなので、オークで連携訓練をする。まあ、上級ダンジョンを攻略している私たちからしたら雑魚だけど、油断はしないよ。

連携しつつもあっという間にオークを倒すと、魔石と部位ごとに分かれたお肉をドロップする。

それを拾って麻袋に入れていると、今度はプレアリーカウが三体襲ってきた。

プレアリーカウの見た目は、角が長い水牛。大きさも同じくらいだと思う。

日本にいたときはテレビの映像でしか見たことがないから、実際の大きさを知らないんだよね。

なのでどうしても〝思う〟ってついてしまうのだ。

そんな感想を持ったときには戦闘が終了。長い角と魔石、部位ごとに分かれたお肉と内臓、ミルクとなぜかチーズをドロップした。

「内臓か……。硬くて食べられないんだよね」

「しっかりと処理してから煮込めば、美味しく食べられますよ、グレイさん」

「お、そうなのかい？　どうすればいいの？」

「すみません、処理の仕方は私もわからないんです。なので、あとで母に聞いてみますね」

「わかった。楽しみにしてるね」

「はい」

ウキウキし出したグレイさんに苦笑する。料理はできるけど、処理の仕方はさすがにわからない。母が知らなければヨシキさんに聞いてみよう、なんて考えつつもドロップ品を拾い、移動。

それからマトンシープとラムシープと戦闘になったり、羊と牛とロック鳥がセットになって襲ってきたりと、今まで経験にない戦闘になっている。

弱点を探したりしながら倒してはいるが、慣れていないからちょっと大変だ。

そんな私たちを尻目に、従魔たちと眷属たちはすっごく楽しそうに戦っている。特に、レベルの低いエアハルトさんとアレクさん、ナディさんの従魔たちのいいレベル上げになっているようで、私の従魔たちに教わりながら、楽しそうにレベル上げをしている。

とはいえ、上級ダンジョンでも比較的楽に戦っていたので、今回はレベル上げというよりは滅多に見ない種族の戦闘訓練といった様子だ。

それにしても、従魔たちは楽しそうだなあ。

「楽しそうに戦ってるな……」

「そうでございますね……」

「わたくしたち、必要ないかもしれませんわね……」

「「「ははは……」」」

従魔たちを見て、エアハルトさんとアレクさんとナディさんが呆れたような声で話している。

その会話を聞いて、私とグレイさんとユーリアさんは乾いた笑いしか出なかった。

昨日からソワソワしてたもんね～。しょうがないか。

とりあえず、他の冒険者に迷惑がかからないように注意をして歩く。今はセーフティーエリアを目指して森の中に入るところだ。

今歩いている場所は平原なんだけど、ハイ系まで作れる薬草に加えて、なぜかカボチャやさつまいも、大根にカブ、ニンジンに玉ねぎなどが植わっている。果物はイチゴをはじめとしたベリー系の低木が多い。

それらを採取しているうちに森に着く。

ここからはフォレストウルフとヘビ、オークとホーンラビットの数が多くなる。あとは、さっきは見えなかったブラウンボアとブラウンディア、ブラウンベアがいた。

　イノシシとシカとクマ……

「お昼と晩ご飯はジビエがいいかも！」

〈ラズもそれがいい！〉

「ジビエとはなんだ？」

「気になる言葉ですね」

「料理の名前かしら？　リン」

「簡単なら教えてほしいかな。そうすれば特産品になるかもしれないし」

「おおう……」

　ラズと一緒に採取しながら独り言を言ったら、それが聞こえたらしいラズが反応する。

　しかも、エアハルトさんたちにも聞こえていたらしい。

　グレイさんに至っては特産品とまで言い出したよ……

「えっと、私がいた世界の言葉なんです。簡単に言うと、狩猟――狩りで得た天然の野生鳥獣の食肉を意味する言葉で、それらを使った料理というか……」

「狩猟？　つまり、森で得た肉を使って料理するってことかな」

「はい。なので、ダンジョンで採れたお肉を使うとなると、厳密にはジビエではないんですけどね」

「へえ」

たぶん、この説明で間違ってないと思う。

私が知っているジビエはイノシシのステーキと熊鍋だけど、他にもキジやシカ、マガモやウサギといったお肉を出しているところもあると、聞いたことがある。今いるダンジョンだとボアとディア、ベアとホーンラビットが該当すると思うんだよね。

みなさんにそんな説明をしたら、どれも森で狩れるねという話になり、そこにフォレストウルフの肉を加えて、昼と夜はジビエ料理になった。

いや、厳密にはジビエではないんだけどさ。

とはいえ、魔物のお肉は濃淡はあれど、どれも美味しい。

みんな違ってみんないい。そんな感じのお肉ばかり。

なので、単純に塩コショウしただけの串焼きでもいいし、ハーブ塩を使ったものでもいい。熊鍋もいいし鹿鍋もいい。お肉の寄せ鍋なんてのもアリだと思う。

とにかく、魔神族は死ぬまで途方もない時間があるんだから、その間にいろいろ試してみて、領地や温泉地に合った料理を探せばいいんじゃないかとグレイさんに提案すると、頷いていた。

領民の声を聞いて、その町や村に合った料理を探すそうだ。まあ、その筆頭が肉まんらしい。

「バンブーの芽の食感が面白かったんだ」

「水煮でしたかしら。あれが普及したら、肉まんが各地で売られることになりますものね」

「ああ。季節によって、いろいろ作れそうだし」

「そうですわね」

これからの展望を嬉しそうに話す、グレイさんとユーリアさん。

前任の管理者が無能だったせいで、どうしても地域格差などが出てしまっていたというヘーティブロン領。その改善をしている最中のグレイさんたちにとって、雇用を増やすことで格差を縮めたいんだって。

とはいえ、すぐにどうこうできるような問題じゃないから、そこはじっくりと考えて、なにが領民にとっていいのかを模索しているという。

「肉まんの中身については、あとで手紙で知らせますね」

「頼むね、リン。もちろん報酬を出すよ」

「あはは……。わかりました」

日本にいたとき、冬のコンビニにはいろんな種類があった。それを思い出したり、『アーミーズ』のみなさんに聞いたりしてから、手紙を送ろう。

そんな話をしつつもしっかり戦闘したり採取したりしているあたり、他の冒険者から見たらどうかしている行動だろう。

油断はしていないけど、私たちからすれば本当に雑魚なんだよね。

まあ、グレイさんとユーリアさんが楽しそうだからいいか！

お昼はドロップしたフォレストウルフとホーンラビット、ボアを使った串焼きとスープとパン。スープは乾燥野菜と乾燥キノコ、干し肉を使ったものにした。

串焼きも肉の間に野菜を挟んでいるので、見た目はバーベキューっぽい。

和気藹々《わきあいあい》とみんなで食べた。

「そういえば、このダンジョンって、ワンフロアの広さはどれくらいあるんですか?」

「かなり広いよ。王都の特別ダンジョンの二倍くらいはあると言われているね」

「そんなにあるんですか?」

「ああ。記録によると、初めてこのダンジョンの探索をしたとき、地図を作るのに二日かかったそうだよ」

「うわ~……」

そこまで広いとは思わなかった!

だからなのか、このダンジョンには、ワンフロアにセーフティーエリアが四つ存在しているそうだ。それはそれで凄い。

地図を見ながら、グレイさんとエアハルトさんが行動予定を話し合っている。今回は限られた時間の中で行動するから、確認を疎かにすると予定通り王都に帰れなくなってしまうのだ。

なので、休憩するたびに必ず地図を確認して、方向を確かめている。

なにせ森と平原しかないフロアだし、似たような景色が続いているから、パッと見ただけじゃわからない。なので、冒険者が持つ必須アイテムのひとつである地図とコンパスで方向を確かめつつ、移動している。

　初めてこの世界のコンパスを見たときは驚いたよ。日本で見たコンパスとそっくりだったから。たぶん、〝渡り人〟が伝えたんだろうね。

　そんなコンパスを、本来であれば私も地図と一緒に持ってダンジョンに入らないといけない。だけど、私にはとーっても優秀な従魔たちがいるから、迷子になったことはないんだよね。

　そこは本当に感謝している。

　おっと、話が脱線した。

　休憩を終え、泊まるためのセーフティーエリア目指して歩いていると、森を抜けてまた平原になる。すぐにロック鳥と牛の魔物が襲ってきて戦闘になるけど、あっという間に終わってしまう。

　ドロップ品を拾って麻袋に入れると、セーフティーエリアに向かって移動する。

　そんなことを繰り返しているうちにまた森の中へと入り、日が暮れる前にセーフティーエリアに着いた。

「さすがにここだと、冒険者はいないね」

「階段とは逆の方向だからか？」

「ああ」

　これならゆっくり食事ができると喜ぶグレイさんとエアハルトさんに苦笑しつつ、火を熾して薪をくべる。その周囲に人数分の石を置いて温石《おんじゃく》の用意をしてから、バーベキューコンロを出した。

夜はいろんなお肉を使ったバーベキューと、ボアとディアとウルフのお肉にミルクとチーズと野菜をたっぷり使った、具沢山なスープを作る。日が暮れると一気に気温が下がるから、温かいスープが必要なのだ。

シチューにしなかったのは、ホワイトソースを作る時間がなかったからだったりする。手持ちにバターもなかったしね。

プレアリーカウはミルクとチーズの他に、稀にバターと生クリームを落とすらしいんだけど、今のところドロップしていない。明日出ることを期待しよう。

全員で準備をすると、あっという間に出来上がる。バーベキューコンロに薪を入れて火を熾したら、晩ご飯の始まりです！

「お？　ミルクスープ、美味いな！」

「ああ！　チーズが入っているからなのか、かなり濃厚だね」

「ローレンス様。これなら屋台で売れるのではないかしら」

「確かに！　帰ったらいろんな肉で試してみよう」

「ええ」

食べながらも領地のことを考えるグレイさんとユーリアさんに、苦笑してしまう。せっかくダンジョンに来たのにね。

それだけいつも領地のことを考えているんだろう。

みんなで串を焼いたり従魔たちにご飯を取り分けたり、話したりしていると時間が経つのは早い。食材もなくなって、みんなで片付けをする。

食後のデザートにダンジョンで採取したイチゴを出し、アレクさんがチャイを淹れてくれたのでまったりする。その後は火の番をする人と時間と順番を決め、それぞれ温石《おんじゃく》と湯たんぽを用意。

結局それぞれのカップルで火の番をすることにして、順番はグレイさんとユーリアさん、アレクさんとナディさん、エアハルトさんと私の順で二時間交代となった。


翌朝、エアハルトさんと一緒に朝ご飯を作ったあと、みんなを起こす。朝ご飯は昨日残ったミルクスープにお肉と野菜を足したものに、パンをつけただけというシンプルなもの。

そうはいっても具沢山なスープなので、それだけでお腹がいっぱいになった。お腹が落ち着くまで休憩したあと、セーフティーエリアを出発する。

帰りも戦闘や採取をしていると、ドロップ品が溜まってくる。今日はバターや生クリーム、羊系の腸など、母やマドカさんが喜びそうなものまである。

マドカさんがソーセージを作りたいと言っていたのを思い出したのだ。なので、牛の内臓を含め、一緒に渡すつもりでいる。

喜んでくれるといいなあ。

お昼前にダンジョンを出て、グレイさんのお屋敷に戻ってきた。お屋敷でご飯を食べたあと、ドロップ品をみんなで分ける。

内臓の処理については、ダンジョンでも言った通り後日手紙を書くと話した。そのときにグレイさんが言っていたんだけど、もう少し下の階層に行くといいものをドロップする魔物がいるんだって。そのドロップ品はお土産にくれるというので楽しみにしている。


さらにその翌日は、ダンジョンでドロップしたお肉を使って、庭でバーベキューをした。使用人さんたちも巻き込んでの、わいわいガヤガヤと、とっても楽しいバーベキューとなったよ！


そして帰る日。

「じゃあ、頼むね」

「わかった」

グレイさんとユーリアさんから、『フライハイト』に護衛の指名依頼が出され、それを請けた。

王都まではずっと一緒です。

エアハルトさんの言う通りになったなあ……と、つい笑ってしまったよ。

フルドに来たあたりでまた雪がちらつき始め、冬なんだなあ……と感慨深くなる。

「もう本格的な冬だな」

「そうだね。そして社交シーズン到来と、例の話が近づいてきているのか」

「ああ」

王都直前の休憩所で、そんな話をするグレイさんとエアハルトさん。他にも冒険者や商人がいたからなのか、スタンピードのことを例の話と濁していた。

例の話だけならどんな内容かわからないもんね。一応、話を聞かれないようにユーリアさんとシマが結界を張っていたっけ。

「落ち着いたら、また遊びにおいで、リン」

「はい。お手紙も書きますね」

「楽しみにしているわね」

王都にあるグレイさんのお屋敷まで送り届け、そんな会話をする。

またね、と二人がお屋敷の中に入ったのを見届けたあと、私たちも西地区に帰ってきた。

そのまま冒険者ギルドに行き、グレイさんから渡された書類を提出。護衛依頼成功となり、報酬をもらった。グレイさんたちからのお土産は、バンブーの芽と、なんとチョコレート。あの温泉饅頭も中身はチョコレートだった。

私たちと一緒に入った中級ダンジョンの第三階層の魔物が落としたんだって。

最初はどんなものかわからなくて困っていたけど、その甘い匂いと【アナライズ】の情報を基に舐めてみたら、とっても美味しかったらしい。なので、それをパン生地に入れて蒸かしたそうだ。

最近見つけたばかりだから、これから領地の特産物として扱ったり、お菓子として売り出そうとしているんだって。

私はというと、チョコレート！　これでもっとお菓子の幅が広がるよね！　と喜んだのだった。

帰ってきてから一週間後。ユーリアさんのおめでたを知らされた。

そしてスヴェンさんたちは「すべての用意が整った」と、ちょっと早いけどタンネの街に旅立った。どうか無事に帰ってきてほしいと、アントス様やアマテラス様たちに、祈りを捧げた。

第五章　上級北ダンジョン攻略

グレイさんの領地から帰ってきた翌日。

今日も休みなのでゆっくりしたいところだけど、アントス様のところに行かないと……と思い、教会に行く。

すると、すぐにいつもの場所に連れてこられたんだけど……珍しく、アマテラス様がいらっしゃった。アントス様の顔が腫れ上がっているうえ、アマテラス様がご機嫌斜めというのは、非常に珍しい。

「あの……アントス様、どうしてまた顔が腫れ上がっているんですか？」

「え!?　いやあ、そのう……」

「優衣のことでアントスがやらかしたから、わたくしたちとオ・ハ・ナ・シ！　したのよ」

「そ、そうですか……」

きっと今回のスタンピードの件だよねぇ……と溜息をついたあと、内心で合掌した。

どうせフルボッコにされたに違いないもの。そんな感じの顔だったのだ、アントス様は。

私のために怒ってくださるのは嬉しいんだけど、何が原因なんだろう……。せめて全部終わってからか、もっと早くにしてほしかったよ……アマテラス様。

そして、今日も今日とてポーションを作り上げるつもりで、頑張るぞー！　と気合いを入れていたら、アントス様がこれ以上は大丈夫だからと言ってきた。

「え？　本当に大丈夫なんですか？」

「ええ。アマテラス様からも、お叱りを受けましたからね……裏技を使うことにしました」

「裏技……」

「もしかして、その顔って……」

「ええ。神しか使えない【複製《コピー》】の存在をすっかり忘れて、リンにポーションを作らせてしまったからですね。一本ずつあれば僕でもできたことだったのですが……。スタンピードの予兆を全世界で見つけてしまって、動揺してしまいました」

「もっと早く思い出していれば、優衣が苦労することもなかったのにね」

「本当に。すみません、リン」

なんと、その裏技は私が作ったポーションをコピーするというやり方だった。そんなやり方があるなら、私がここまでの量を作る意味はなかったんじゃ……

その感情が筒抜けだったようで、アントス様もアマテラス様もすぐに否定してくださった。

「そんなことはないでしょう？」

「そうね、そんなことはないわ」

「今までできなかった、レベルに合わせたポーションを作れるようになったではありませんか」

「あ……」

その指摘に、そういえば……と思い出す。

そんな私の様子に、アントス様もアマテラス様も、優しい笑みで見つめてくる。

「お店に出すのは、今まで通りでいいと思います。けれど、もし初級や中級ダンジョンに潜っていて低ランクの冒険者にポーションが欲しいと言われたとき、彼らが買える値段のポーションを作ることができますよ」

「確かに」

特別ダンジョンの方が必要な素材が全部揃うから、王都にいる間はわざわざ初級や中級ダンジョンに潜ることはない。だけどグレイさんのところで潜ったみたいに、他の領地や国に行って潜ることがあるかもしれない。

そういう場合を想定して、いい訓練になったのではないかと、アントス様が話す。そしてアマテラス様も。

おおい……丸く収まった風だけど！　そんなあわてんぼうな神様で大丈夫なの？　この世界って！　心配になってくるんだけど！

とはいえ、滅ぶことなく世界が続いているんだから大丈夫ってことだよね……なんて思っていたら。

「え？　三回ほど失敗して、滅ぼしちゃいました♪」

「滅ぼしちゃいました、なんて楽しそうに言わないでくださいよーー!!」

「だってしょうがないじゃないですか。自国のことを一生懸命やれば豊かになるものを、隣国の土地が豊かだからと戦いばかりしていたんですから」

「おおう……」

隣の芝は青かったってやつだね。

まるで北大陸の話みたいだと思ったら、アントス様も頷いていた。

「今回はうまく回っているんです。けれど北大陸だけはダメですね。ふふふ……」

「まともな国もあるのでしょう？　そこは残しておくべきよ、アントス」

「わかっています。今はその見極めをしている最中なのです」

「そう。それならいいわ」

「……」

真っ黒い笑みを浮かべたアントス様とアマテラス様の神様トークに、ロキたちと一緒に視線を逸らしたのは言うまでもない。

二人は私たちに「ゆっくりしていってください」と言ってくれた。珍しいなあ。

お土産に筍ならぬバンブーの芽やチョコレートをたくさんいただいたので、バンブーの芽ご飯のおにぎりやチョコレートプリン、肉まんをアントス様とアマテラス様に渡し、突発的なティータイムに突入。その直後にツクヨミ様もいらっしゃったので、今はいないスサノオ様や他の神々にもどうぞと渡した。

図々しいかなあと思いつつ日本のことを聞いたり、召喚がなくなったことで世界が安定してきたという話を聞いたりしているうちに帰る時間になったので、教会に戻してもらう。

もうポーションを作らなくていいということにホッとしたのと同時に、いよいよ北の上級ダンジョンに潜る時期が迫ってきたんだと、憂鬱にもなってくる。

それまでに、ダンジョンに潜るときに持っていく用と店用に、薬草採取に行ってこようと思う。

そう決めたら、まずは商人ギルドに行って砂を発注する。まだあるけど、念のために用意しておきたかったのだ。いつもの三倍を発注し、その分納期も長めにしてきた。

その帰りに乾燥野菜や乾燥キノコをいくつか購入する。年末までに少しずつ買い貯めておくつもり。

潜る期間は一ヶ月という長丁場だし、食料も武器のお手入れ用品も必要。

ポーションや薬草はもちろん、生の野菜やお米、パンも必要になってくる。

パンは粉などの材料を持っていって、現地で焼けばいいかなあ。母やマドカさんなら、フライパンで作るパンを知ってそうだし。明日来たら聞いてみよう。

たぶん『アーミーズ』と合同で料理することになるだろうしね。前回もそうだったんだから、今回も同じだと思う。

途中で商会にも寄って、小麦粉やお米、もち米を購入する。そのときにお米がもっと欲しいと言うと、快く受けてくれた。納品は二週間後なら大丈夫とのことだったので頷き、店をあとにする。

従魔たちと森にでかけようかという話をしていたんだけど、旅から帰ってきたばかりだしみんな家でゆっくりしたいというので、もふったりしてまったりと一日を過ごす。途中で明日の開店に備えてポーションを作ったりもしたけど、概ねまったりな時間となった。

あと、ユーリアさんのお祝いも渡さないと……と考える。だけど、日本と違って生まれるまでは性別がわからないし、それはエアハルトさんたちと相談してからにしよう。


翌日。久しぶりの開店だからか冒険者が並んでいて、これは忙しくなるなあと思ったら、アレクさんとララさんが手伝いにきてくれた。アレクさんがレジ、ララさんが商品を渡す係、母が買い取りをしてくれるという。ありがたや～。

私は買い取った薬草を使って、在庫が足りないポーションを作って補充したりする。そうするうちに、あっという間にお昼になる。午後もそんな感じで過ごした。


それからなんだかんだと店を営業して、休みの日はダンジョンに潜って薬草採取をしたりと忙しく過ごしているうちに十二月の半ばになった。

あっという間に十三月になって、三週間もすれば一ヶ月間の休みが来る。

乾燥野菜や乾燥キノコ、ポーションも薬草も大量に揃えた。あとは休みを待って、上級北ダンジョンに潜るだけだ。


それからダンジョンに潜るまで残り一週間を切ったころ、疲れた顔をしたスヴェンさんたちがタンネから戻ってきた。予定よりもかなり早い。

「お帰りなさい！　お疲れ様でした！」

「ああ、ありがとう」

「アレはどうでしたか？」

「バッチリ！　うまくいった。詳しい話はまた今度な。きっとまた集められるだろうし」

「そうですね。そのときまで楽しみにしていますね」

「ああ」

私と母、スヴェンさんしかいないこともあり、一応濁しながら聞いてみた。

スタンピードを防げたならよかった！

一番ヤバかったところが成功したんだもん、これでアントス様もホッとしてるかもしれない。

他の国や大陸のことはわからないけど、少しずつ対策の成果が上がっているといいなあ……と祈るしかなかった。

この翌日。

特別ダンジョンで、『フライハイト』と『猛《たけ》き狼《おおかみ》』たちがコアを発見し、破壊に成功したと、ダンジョンから戻ってきて一番に知らせてくれた。

これで特別ダンジョンは二度と成長することはないし強い魔物も出なくなるそうなので、安心していられるとのこと。もちろん、スタンピードは起こらない。

残った問題は、各領地のダンジョンと王都にあるふたつの上級ダンジョン。

どうか、攻略が成功しますように……！


それから五日後。私たち『フライハイト』と『アーミーズ』は、上級北ダンジョンに向かった。

今回は一ヶ月という長丁場の攻略になるので、休憩所にもその通り話してある。

ライゾウさんの厚意で『フライハイト』の分もリュックを作ってくれたので、荷物がいっぱいになったから一度地上に戻る、ということをしなくて済みそうだ。まあ、いざとなったら私のリュックに入れればいいと話してあるので、荷物に関しての問題はない。

食料なども、はぐれても大丈夫なように全員が持っているし、タグの連絡先も交換してある。あと、地図も持たされた。

第三十五階層までは攻略できているから、そこまでの攻略図はある。第三十階層までは完全な地図があるそうで、それを基に最短コースで進むらしい。

まずは全員が攻略している第十階層まで飛ぶ。そこから一日二、三階層ずつ進んで、第三十五階層以降はできるだけゆっくり進み、魔物の数が多い場合は全員で殲滅しながら進むんだって。

最初は採取をしてもいいけど、下層になったら戦闘優先だと言われた。それは当然か。

「エアハルト、ここは五十階まであるんだったな」

「ああ、そう言われている。過去に一度だけ攻略されたらしいが、情報が少なくて本当かどうかわからない」

「そうか……」

ダンジョンを歩きながら、リーダー二人が話し合いをしている。今回は従魔たちも連れてきている関係でかなりの大人数だし、ロキたち神獣がめっちゃ張り切っているので、今のところ戦闘は彼らに任せていた。

まあ、まだ階層が浅いし、レベルの低い従魔たちのレベル上げも兼ねているからね。

そして私と母は、もしもに備えて薬草採取をしている。

この階層もそれなりにあるんだよね。しかも、ハイパー系以上のポーションが作れる材料が揃っているから、嬉しい。

「リン、ミユキ。薬草はどうだ？」

「ハイパー系以上のものがあるわね」

「そうですね。なので、このまま採取していけば、足りないってことにはならないと思います」

「まさか、そこまでの薬草があるとはな」

「採取できなくても、一応全部の薬草を持ってきているわよ、わたし。リンは？」

「もちろん持ってきています。二ヶ月分くらいありますよ、ポーションも薬草も」

『どんだけ集めたんだよ！』

男性陣から総突っ込みをいただきました！

いやあ、休みの日はずっと特別ダンジョンにいてずーっと採取してたからね～。しかも下層は薬草に加えてイビルバイパーやディア種、そしてベア種も出るもんだから、集め放題だったんだよ。

その話をしたら、全員に呆れた顔をされたあと、溜息をつかれた。なんでさー？

「はあ……まったく、リンは」

「ここまで薬草バカになるとはなあ……」

「誰が薬草バカですか！　薬師として当然です！」

「従魔たちがたくさんいるとはいえ、普通の薬師は一人で特別ダンジョンに潜らないからな？」

「……足りなくなるよりはいいじゃないですか」

「「……」」

なぜか溜息をついて黙ったエアハルトさんとヨシキさん。失礼な！

話しながら最短コースを歩き、採取と戦闘をしているうちに第十二階層へと下りる階段付近のセーフティーエリアに着いたので、一回休憩。予定よりも早く着いたので、昼ご飯は第十二階層のセーフティーエリアまで持ち越し。

そして第十二階層ひとつ目のセーフティーエリアで昼ご飯を食べたあと、第十三階層最初のセーフティーエリアを目指す。

この上級北ダンジョンは、一から三と十一から十三までは森林と草原が混在している景色が、四から六と十四から十六までは森林が広がっている。

七から九までと十七から十九までは草原が広がっているダンジョン。

ちなみに第十階層と第二十階層には中ボスが出る。

森林ではデスタラテクトをはじめとした森に生息する虫にディア種とベア種、そして草原では牛系の魔物とワイバーンなどの飛行する魔物が出る。

高級食材とポーションの材料を大量にゲットするチャンス！

それを知って張り切る従魔たち。食材はあっても困らないしと、止めるのはやめておいた。

そして夕方になるころ、第十三階層最初のセーフティーエリアに着く。ご飯を食べて、今日はすぐ寝ることに。見張りの順番も決めた。

『フライハイト』と『アーミーズ』の人数が違うことから、今回は二人一組になるようくじ引きをして、二時間三交代で見張りをすることに。

ちなみに、一緒にいる相手はエアハルトさんです。やったね！

といっても、ダンジョンの中だからイチャつかないよ？

そんなことしてられないし、私は今のうちにできるだけポーションを作っておきたいから。

エアハルトさんもそれはわかっているようで、話をしながらも私が道具を使ってちまちまとポーションを作っているのを、興味深そうに眺めていた。

周りに他の冒険者がいるから用心しますとも。冒険者を見かけなくなったら、魔力で一気に作るつもりでいる。

ハイパー系二種類を作ったところで交代の時間となったので、道具をしまうとテントに戻り、さっさと眠った。


翌朝。二時間三交代だから若干寝不足だけど、それはみんな一緒だ。なので、あくびを噛み殺しつつも最短コースを進む。

「今のところ順調だな」

「ああ。俺たちの従魔たちが先陣を切って戦っているからなあ……。ほとんどやることがない」

「確かに」

ヨシキさんたち『アーミーズ』も従魔を一匹か二匹従えていて、彼らのレベル上げもロキたちが手伝っている。そのおかげもあり、私たちは横やうしろから襲ってきた魔物を対処すればいいだけだった。

それだって、ほとんどが私の護衛をしている従魔や眷属たちの誰かや、みなさんのうちの誰かが倒しているんだから凄い。私と母、父に至っては、薬草の採取をしているだけの状態になってしまっている。

「パパも採取をするんですね」

「ああ。ここには医師が使う薬草も多いからね。それに、もしなにかの病気になったときのためにも、薬は必要だろう？」

「あ～、そうですね。お腹が痛くなったりする場合もありますし」

「ああ。あと目薬もね」

「なるほど～」

目薬は父が開発したらしく、最近になって王都に出回り始めた。そこから方々に広がっているそうだ。父にはいつの間にか弟子ができたみたいだし。

といっても、ドラール国から来た人だって言っていたから、前から知っている人なのかも。そこまで詳しいことは教えてもらっていないしね。

「そのうちわたしも弟子を取ろうかしら」

母がつぶやく。

「そうなると、リンの店を手伝えなくなるが、いいのかね？」

「うーん……それは困るわ」

「そこは弟子を取りましょうよ、ママ。さすがに私の年齢だとまだ誰もなろうと思わないでしょうけど、ママならすぐに弟子がつきそうですよ？」

「そう上手くはいかないわよ。それに、リョウが小さいうちは無理ね。そのうちもう一人授かるかもしれないし」

どのみちあと千年か千五百年は無理だと笑う母に、そんなものかなあと首を傾げる。

「見た目の年齢の問題なんだよ、リン。私たちはまだ五百を過ぎたばかりだ。これくらいの年齢だと、二十代前半にしか見えない。そんな若い人を師匠と呼ぶには、抵抗があるだろう？」

「なるほど、そういうことですか」

「だから、私のように知り合いが弟子になるならともかく、知らない人だと、どうしても見た目が重視されてしまうんだ」

「さすがにドラゴン族は、薬師になろうって人はいないからねぇ。わたしが異質なの」

前世の記憶があるおかげだし、と小さく言った母に、なんだか納得してしまった。忘れてたけど、魔神族もドラゴン族も、不器用設定だもんね。

そういう意味では、私も異質なんだろうなあ……

なんだかんだと二日目もハイペース＆最短で移動し、夜になるころには第十六階層ふたつ目のセーフティーエリアに着いた。今日はここで一泊。

晩ご飯は最初に見張りをする人が作り、朝ご飯は最後に見張りをした人が作ることになっているので、誰かに負担が偏ることにはならない。そうすることで誰もが料理できるようになるし、知らなければ教わればいいと、みなさんで話し合ったのだ。

やっぱりレシピを一番多く知っていたのは、ヨシキさんとセイジさん、サトシさんの元自衛官たちだった。母やマドカさんよりも知ってるんだもん、本当に凄い。

中でもサトシさんは管理栄養士という、料理に関する資格を持っていたらしく、一番料理が美味しかったし手際もよかった。

「百人超えの人数分を作ることを考えたら、この人数なんて簡単だね」

「ああ。あの戦場のような厨房内の様子を考えると楽っすよ」

「本当にね」

ヨシキさんとセイジさん、サトシさんがそんなことを話して笑っている。

……自衛官っていろんな資格を持っていると聞いたし、片付けも上手って話だから、実はスパダリなんじゃ……って思ってしまった。


翌日は採取とお肉をゲットしつつ第二十階層まで一気に来た。森と違ってだだっ広い草原だったからね。真っ直ぐ階段を目指した結果ともいう。

それにしたって早すぎでしょ！

さっさと中ボスを倒して第二十一階層へと下り、ふたつ目のセーフティーエリアで一泊した。

上級北ダンジョンに潜って十日が経った。現在第三十三階層にいます。早いね！

第三十五階層までは魔物を減らしつつ最短で向かう予定なんだけど、今のところ想定していたよりサクサク進んでいる。ちなみに、第二十一階層から第二十九階層までは第一階層からとまったく同じ景色と行動だったので省略。

第三十一階層からは洞窟というか鉱山みたいな感じの景色が広がっていて、魔物たちもゴーレムばかり出ている。だからなのか、みなさんがハンマーや【風魔法】で戦っている横で、ライゾウさんは嬉々として採掘していた。

まあ日数に余裕があるし、「薬草採取したんだから、鉱石も採掘させろ！」とライゾウさんが言ったからでもある。

「私のことを薬草バカって言いましたけど、ライゾウさんは鉱石バカじゃないんですか？」

ライゾウさんのことで突っ込みを入れたら、男性陣全員バツが悪そうな顔をして視線を逸らした。

ライゾウさんが採掘しているので、私は大鎌を持って護衛している。これから行く下層は戦闘がきつくなってくるから自分のレベルも上げないと危険なんだって。

みなさん、何気にレベルが二百を超えてるんだもんなあ、凄いよね。

私もそれなりに上がっているけど、そのほとんどが従魔たちのおかげなんだから、さすがに情けない。今だって従魔たちがゴーレムを倒したからなのか、ピロリン♪と音が鳴って、レベルが上がったし。

今回装備してきたのは、特別ダンジョンで出た迷彩柄の服だ。従魔たちも特別ダンジョンで出たものを装備していて、眷属たちに第三十階層のボス戦で出た宝箱の中身を装備させている。

どれも防御力や魔法攻撃力が上がる、神話《アーティファクト》の首輪や足輪だったよ！

〈ライゾウ、ヒヒイロカネが出た。いるか？〉

「欲しい！　くれ！」

〈わかった〉

ロキがマジックボックスにしまっていた鉱石をライゾウさんに渡す。嬉々としてマジックバッグになっているリュックにしまうライゾウさん。採掘も満足したようで、とーってもいい笑顔でつるはしをしまった。

「どんな鉱石が出たんですか？」

「ミスリルが中心だ。あとはアダマンタイトやメテオライト、オリハルコンとダマスカスだな。さすがは上級ダンジョンといったところか。ゴーレムのドロップ分もあるから、かなりの量になる」

「それなら、かなりいい武器や防具が作れるわね。あたしもそろそろ三本目の武器を作ってほしいわ」

「いいぞ、マドカ。ヒヒイロカネで作ってやっから、育ちきったら合成すればいい」

「わーい、ありがとう！　そうする！」

オーガの武器を使っているマドカさん。今使っているものがそろそろ成長しきりそうだから、新しいものが欲しかったんだって。

もう一本、特別ダンジョンで出た神話《アーティファクト》の武器を持っているらしいけど、勿体なくて使っていないらしい。

だけど、これからのことを考えると、そろそろ使おうかなあ……とも呟いている。

……おかしいなあ。マドカさんって、そんな脳筋な性格だったかなあ？

一緒に仕事をしてたときは、頼れるかわいらしい先輩だったのに。それとも、日本にいたときとこっちではやっていることが違うからそうなったのかな。

楽しそうだしいっかと納得して、また歩き出す。ちょこちょこ襲ってくるゴーレムを倒しつつ、最短で階段を目指し、見つけたらさっさと下りた。

そろそろお昼が近いということもあってセーフティーエリアを目指しているんだけど、第三十四階層になってから罠が出てきた。

今、キヨシさんが罠の解除中なのだ。

「よし、解除成功」

「さすがキヨシ」

キヨシさんは手先が器用で、自衛隊にいたときは整備をしていたんだって。どんなものを整備していたのか聞くと、主にヘリコプターだと教えてくれた。

しかも、航空祭がくるたびに、子どもたちがのれるようダンボールや木材、リヤカーなど駐屯地にあるものを使って改造し、ヘリコプターや戦闘機をデフォルメしたものを作っていたというんだから凄い。他にも雪祭りの雪像作りもしたことがあるそうだ。

自衛官ってなんでもできるんだなあって、改めて尊敬したよ。やっぱスパダリだ……

「私は罠がある階層は初めてなんですけど、どんな罠があるんですか？」

「ダンジョンによりけりだな。基本は毒の噴出、矢が左右の壁から飛んでくる。あとは槍が下から飛び出してきたり、落とし穴かな」

「かなりえげつないんですね」

「そうでもないぞ？　これらはあくまでも基本的な罠で、えげつないのだと落とし穴の中が針山になっていたり、毒も猛毒だったり、矢の先に状態異常系のものが塗られていたりする」

「おおう……。そ、それはえげつない！」

本当にえげつなかった！

毒の他にも石化や麻痺などの状態異常を起こすものがあったり、単体ではなく複数の罠が交じっているものもあって、厄介なんだって。だから罠が出始めたら斥候と呼ばれる人が先行し、罠を解除したり、解除できそうになければ迂回ルートを探したりするんだとか。

試しに罠を踏んでみようかと言うので必死に首を横に振った。

さすがに罠がどうやって発動するかなんて、体験したくない！

そんな話をしつつ、罠を解除して少しずつ歩いていると、ちょっとした広場に出た。ゴーレムがたむろしていたので全員で戦うと、あっという間に戦闘が終わる。

そしてしばらく歩くと、また広くなっている場所に出た。

「ん？　ここにも罠があるな……。全員、そこから動くな」

キヨシさんにそう言われてその場に立ち止まる。キヨシさんによると、落とし穴タイプの罠だそうだ。

落とし穴はえげつないものはさっき教えてもらったけど、他にはそのまま階下に落とされる場合と、槍が突き出している罠になっている場合もあるそうだ。いずれにしても、解除しておいたほうがいいということだった。ひえ～っ！

キヨシさんが罠を解除してくれたので、歩き出す。

私は魔法を使うことが多いからと一番うしろにいたんだけど……

「リン、壁にも罠があるから、気をつけろ」

「はい」

キヨシさんの呼びかけに応えつつそろそろと歩く。危うく壁に触るところだったとホッと息をついたら、少し出っ張った地面に蹴躓いて転んでしまった。

そして立ち上がるために壁に手をついたら、なぜか「ポチッ」と音が。

「え……？」

「なんでそんな低いところに罠があるんだよ！　全員走れ！」

「すっ、すみませーーん!!」

なんと、私がドジって罠のボタンを押してしまったのだ！

私のうしろから床がガラガラと崩れていく。全員走って逃げられたけど、私は身長が低い分コンパスが短いからなのか、彼らに追いつくことができず、崩れた床を踏み外してヒューっと下に落ちてしまう。

「きゃあぁーーー!!」

「「「リン！」」」

下を見たら針山で、高いところから叩きつけられたら確実に助からない。

ここまでなの!?　と目を瞑ったら、ガシッと体を掴まれた。

掴んでくれたのは、リュイ。そのまま上昇するとみなさんのところまで運んでくれた。

それと同時に従魔たちと眷属たちまみれになる。

うう……怖かった！　まだ心臓がバクバク言ってる……

《大丈夫？　リン》

「だ、大丈夫……。ありがとう、リュイ」

《うん！》

「すまん、ちゃんと確認しなかったオレのミスだ……」

「大丈夫ですから。まさか、あんな低いところにあるなんて、思わないですって」

しょんぼりしてしまったキヨシさんに大丈夫だと伝え、転んで掌を擦りむいてしまったので、ポーションをかけた。このポーションは国から支給されたものだ。

で、また転んで罠を押しても困るからと、ロキにのって移動することに。

……情けなさすぎるよ……トホホ。

それからはキヨシさんもさらに慎重になって罠を探しては解除し、ゴーレムと戦っては進んでいく。それ以降トラブルはなにもなく、セーフティーエリアに着いた。

その途端にエアハルトさんが寄ってきて、頭を撫でてくれる。

「驚いたし、心配した……」

「すみません……」

「リュイのおかげで助かったからいいが。今後は気をつけろよ？」

「はい」

若干震えているエアハルトさんの手。みなさんも心配そうな顔をしている。それを見て、私も気をつけようと改めて思った。

お昼休憩をして、私はロキに跨《また》がると出発する。第三十五階層も罠があって、キヨシさんが解除をしながら進んでいく。その解除スピードがどんどん上がっているんだけど……本当にどうなっているんだろうね、元自衛官というか転生者たちは。やっぱり凄いよね。

ふたつ目のセーフティーエリアに着いたので、今日はここで一泊。本当に順調にきているそうで、ヨシキさんもエアハルトさんもホッとしていた。

ただ、第三十五階層以降がどうなっているかわからないから、できるだけ早く突破して、まだ行ったことがない層をじっくり攻略したいみたい。それは他のみなさんも同様で、静かに気合いを入れていた。


翌朝、今日もロキに跨《また》がり、出発。第三十六階層は迷路になっていて、ここにも罠があった。初めて入る場所なので、地図を作成しつつ慎重に進みながら魔物を倒していく。

ここで出たのはホブゴブリンと、ビッグバットという大きなコウモリだ。しかも、吸血コウモリという厄介な魔物。

ただし、バット系の血は医師が作る薬の素材らしく、父が嬉々として戦っていた。血は繋がっていないけど、なんか似た者親子のような気分になったのは言うまでもない。

迷路には採取や採掘できるものはないし、宝箱があっても罠がついているものや、ミミックという宝箱の形をした魔物ばかり。中身はハイ系ポーションやナイフか属性のついた短剣。たまにいいものが出てもハイパー系のポーションか武器や防具と、成長しきる手前の武器や防具を持っているみなさんからすると、微妙なラインナップだった。

まあポーションは嬉しいよね。それもレベル四クラスのものばかりだし。

この階の罠も、キヨシさんが解除しまくっている。解除してホッと一息ついたあと、キヨシさんの視線の先に真っ直ぐに伸びた通路を歩く三体のホブゴブリン。

警戒しつつ戦闘態勢に入ると、ホブゴブリンのほうから「ポチッ」と壁を触った音が。

「「「「「……あ」」」」」

「「「「あ～……」」」」

「「「プギャーッ!?」」」

なんと罠を触ってしまったらしく、四方から飛び出した槍がホブゴブリンたち三体に突き刺さる。悲鳴をあげたホブゴブリンだったけど、呆気なく光の粒子となって消え、その場にドロップを落とした。

「「「………」」」

呆気にとられて全員無言になったものの、誰かが噴き出してしまう。そしてみんなつられて爆笑の渦に包まれた。しばらく笑っていたが、すぐに気を引き締め、真顔になる。自分たちが同じ罠にかかったら、冗談じゃなく命を落とすからだ。

なので、キヨシさんがさっさと罠を解除し、ドロップを拾って先に進んだ。

そんなこんなで第三十六階層を一日で進むことができて、みなさんほくほく顔だった。第三十六階層からは魔物が増えてきていた。じっくり攻略するためにも、地図を作りながら、第三十九階層まで一階層一泊で攻略した。

そしていよいよ今日は第四十階層で中ボスを倒すことになっている。

なにが出るかわからないけど、特別ダンジョンみたいに鵺《ぬえ》やキマイラが出てもいいように話し合って対策を考える。

あのときよりも私たちのレベルは上がっているし、武器や防具も成長している。

私を含めたみなさんの従魔たちも私たちも全力で戦うこととなった。

気合いを入れてボス部屋に入る。

出てきたボスは、ヴリトラというコブラに似た巨大なヘビ。尻尾はとぐろを巻いていて、威嚇するように尻尾の先端が震えている。

ヴリトラは、場合によってはドラゴンとして書かれていると、セイジさんがこっそり教えてくれた。

お供は、私たちの人数が多いからなのかイビルバイパーが十五体と多く出ている。

お肉と内臓を落とすといいな♪

「ここでヴリトラかよ……」

「いずれにせよ、全力で叩くぞ！」

『おう！』

まずは従魔たちを含めた全員で、範囲魔法を使って全体を攻撃する。

ドーン！　という爆発音がしたあと、前衛がボスに突っ込んでいく。

そして後衛と従魔たちや眷属たちでイビルバイパーを殲滅すると、ヴリトラの攻撃に加わった。

ヴリトラの攻撃を受けて怪我をした人にはポーションをかける前にヒールウィンドで回復し、それでも回復しきれない場合はハイパーポーションや王様からもらったエリクサーを使って、回復していく。

このエリクサーは、アントス様から各国に配られたものだ。

足止めはロキとロックたち従魔の【咆哮《ほうこう》】と、【土魔法】の【ロックハンド】。一匹だけじゃなくて、【咆哮《ほうこう》】や【ロックハンド】を使える従魔たちや眷属たちが同時に放っているからなのか、ひとつひとつの力は弱くても多少なりとも効いている。

あとはスミレが使う【闇魔法】の【ダークチェーン】が何本も絡み付いていた。徐々に動けなくなるヴリトラは、イラついたように尻尾で床や壁を叩く。

その状態になったら全員で首を攻撃。私はラグナレクに魔力を流して切れ味をよくしたあとで首を攻撃したら、お豆腐みたいに歯ごたえがなく、そして呆気なく首が落ちた。

光の粒子となって消えたヴリトラがドロップを落とすと同時に、従魔と眷属たち以外の全員の前に宝箱が出現。それらを拾ったり開けたりして回収した。

ボス部屋を出ると、階段と帰還の魔法陣を発見。通路の奥には宝箱があったので、キヨシさんが罠を確認してから開ける。すると、中にはエリクサーが人数分入っていた。

ただしレベルは2という、低いもの。

セーフティーエリアに着いたらドロップも含めて分けることに。そして階段を下りる前に休憩をとっていると、ヨシキさんとライゾウさんが話しかけてきた。

「おい……どんだけすげえ性能なんだよ、その大鎌は」

「さすがは外神話《オーパーツ》だな。【アナライズ】でその内容が見れないのが残念だ……」

「仕方ないですよ、それは。ここにいるみなさんだから言っちゃいますけど、特別ダンジョンのボス攻略後の宝箱から出た代物《しろもの》とはいえ、元はスサノオ様が使っていたものなんです。だから、スサノオ様からいただいたようなものですし」

「あ～、だから外神話《オーパーツ》なのか！」

納得の表情をする『アーミーズ』と、不思議そうな顔をする『フライハイト』。

なので、エアハルトさんたちには、スサノオ様は私がいた世界の神様の一柱だと教えると、納得した顔をした。

休憩を終えて、第四十一階層に行く。魔物がひしめきあっているのが見えてしまって、全員でげんなりした顔をする。

「モンスターハウスかよ……」

「てことは、このダンジョンがスタンピードを起こす可能性があったってことか……」

「西は大丈夫かねぇ……」

「大丈夫じゃないですか？　アントス様は、特に危ないのは上級ダンジョンのひとつと仰っていいましたし」

「なんでそれをリンが知っているのかしら？」

「あ」

ナディさんの疑問に、やっちまったー！　と思ったときにはリーダー二人に詰め寄られ、結局アントス様から聞いた話をした。

うう……迂闊《うかつ》すぎるでしょ、私！

「〝渡り人〟という者が特別だというのは、昔から言われておりましたが……」

「こういうことでしたのね」

「神から愛されるということなんだろうな」

アレクさんとナディさん、エアハルトさんが、ポツリとこぼす。

確かに愛されていると感じるけど、私の場合はアントス様がやらかした結果だからね。気にかけてもらっていることはとてもありがたいと思う。

そんな話をしていても、目先の現実は変わらない。

なので、レンとシマ、ロキが強力な結界を張って魔物たちを奥に押し戻す。できたスペースに全員入ると、一斉に自分が持っている中で一番攻撃力が高い魔法を放つ。

すると、見える範囲の魔物が減り、ドロップを落としたり瀕死になったりしていた。そして結界を維持したまま少しずつ動いては魔法を放つ……という動きをＭＰがなくなるまで続けた。

なくなったらハイパーMPポーションを使って回復し、また攻撃するということを繰り返す。

私は魔法を放つ合間に、特別ダンジョンでも使ったお掃除魔法の【ゴミ集め】でドロップを集めて【無限収納《インベントリ》】にしまい、また魔法を放っては集めるということをしていた。

ある程度の魔物が減ったところで一度結界を解除し、セーフティーエリアを探すことに。

魔物が寄ってきたら、また結界を張って倒すということを繰り返しているうちにセーフティーエリアを見つけたので、そこで昼ご飯を食べる。周囲には魔物がひしめきあっているんだけど、そこはセーフティーエリアなだけあって、どの魔物も入ってくることができない。

「よし、一回ここから攻撃しよう」

「そうするか」

全員でセーフティーエリアの中から魔法や武器を使って魔物の数を減らし、ドロップを集める。終わったら武器を片手に、慎重に歩きながら移動。

今いる第四十一階層は草原地帯になっていて、出てきた魔物はビッグシープの色違いにレッドバイソン、キマイラとワイバーンだ。魔石をはじめお肉や毛皮、皮や毒腺、皮膜に羊毛といろいろ出ている。

他にもレアドロップなのか、装飾品や防具も出ていた。

それらを見るのはあとにして、移動しながらひたすら戦ってはドロップを回収していく。魔物たちのレベルが高いからなのか、一回戦うごとに私のレベルもガンガン上がっていて、さすがに驚いた。

それはみなさんも同様で、従魔たち共々喜んでいる。レベルが上がれば、その分戦闘が楽になるからだ。

最後となるであろう第五十階層にいるボスが、どんな魔物なのかわからない。加えて既にモンスターハウス化しているんだから、これから行く階層もモンスターハウスになっている可能性が高いと、エアハルトさんやヨシキさんがぼやいている。

今のところレン一家の【ブラスター】やロキの【流星群《ミーティア》】は使っていないけど、リーダーたちの判断によっては解禁になるかも。

「だいぶ寄ってこなくなったわね」

「半分は減らしたのかしら」

「「そうかもね」」

マドカさんとナディさん、ミナさんとカヨさんがそんな話をしている。

ダンジョンに潜って約二週間。あと二週間で攻略しないといけないから、ちょっと大変だ。

だけど、もう下層とも呼べる第四十階層を超えているんだから、よっぽどのことがない限り、日数が足りないってことにはならないだろうと、みなさんが話している。

歩いているうちに、下へと向かう階段を見つけた。キヨシさんとサトシさんが下の様子を見に行くと、やっぱりモンスターハウスになっていると、顔をしかめながら話していた。

「なら、予定通りこの階のふたつ目のセーフティーエリアを探すか」

「だったら、飛べる子たちに頼んではどうですか？　さっきからうずうずしているみたいですし」

「お、そうだな。みんな、頼めるか？」

《《はーい！》》

空を飛べる従魔たちや眷属たちが元気に返事をして、方々に飛び立つ。じっとしているわけにはいかないから、私たちも移動する。

もちろん、襲ってきた魔物と戦いながらだ。

そうこうするうちにアレクさんの従魔が戻ってきて、セーフティーエリアを発見したと報告してくれる。それを皮切りに他の従魔や眷属も戻ってきて、同じようにセーフティーエリアを発見したと教えてくれた。その方角は真逆。

「うーん……もしかして、この階層からセーフティーエリアが三ヶ所になるのか？」

「そういえば、西のダンジョンは四十階から三つになると、スヴェンやヘルマンが言っていたな」

「なるほど。地図を作らないといけないから、順番に見に行くか」

まずは、アレクさんの従魔が発見したセーフティーエリアに行こうと移動する。近づくにつれて魔物が増えたので、全員で戦いつつ中に入ると、ミントティーで一息いれた。

「ヨシキ、エアハルト。地図に書き込んだ情報から考えると、ふたつ目のセーフティーエリアはこのあたりに位置するよな」

「そうなると、ここは真ん中あたりのエリアってことか？」

「たぶんな。下への階段よりも最初のエリアに近いし」

サトシさんが地図を作っているんだけど、それを見ながらエアハルトさんとヨシキさんが話し合いをしている。

「よし。陽が沈むまでまだ時間があるし、もうひとつのエリアに行くか」

「ああ。そこで一泊だな」

休憩が終わったところでエリアを出て、三つ目のセーフティーエリアを目指す。

やっぱり魔物がひしめきあっていたので、しっかり殲滅した。セーフティーエリア内なら襲われることはないとはいえ、起きたら囲まれていました……なんて怖いし。

これでこのフロアはほぼ全滅させただろうと、全員でホッとする。まだ完全に安心はできないが、この階に来たときよりも気持ちはマシになった。

少し早いけど、今日はゆっくりしたいからと早めに晩ご飯を食べる。交代も二時間で四回行うことに。

どこかで一日ゆっくりしたいところだけど、モンスターハウスとなっているのがわかっている以上、そうはいかない。なのでその分睡眠時間を増やして対処することになった。

明日の予定を話し合ったあと、私は従魔たちとテントに潜りこんで眠った。

翌朝、ご飯を食べたら出発です。いつもよりも睡眠時間が長かったからなのか、体が楽だった。

第四十二階層への階段を目指して歩いているんだけど、やっぱり魔物が襲ってくる。

まあ、昨日のひしめきあっている状態を考えればまだマシだ。階段に着いたので一回休憩し、昨日と同じように全員で攻撃して、ドロップを集めながら進んでいく。

この階層は森になっているので、モンキー種や蜘蛛《くも》種、ベア種やディア種、ハウンドやウルフなどの狼種と、かなり豊富な種族が出てきていた。

「エアハルト、この様子だとセーフティーエリアを見つけるのに時間がかかる。従魔たちに任せるか?」

「そうだな……飛行する魔物もいないようだし、そうするか。アレクとリンも頼めるか?」

「「わかりました」」

「カヨとミナも頼む」

「「りょーかいっ!」」

飛べる従魔たちや眷属たちが方々に飛び、セーフティーエリアを探すことに。

魔物たちはセーフティーエリアに入ることができないから、上空から見るとそこだけポッカリ穴が空いているんだって。

森林の中を彷徨って迷子になるよりは、先にエリアを探してもらってその方向に移動したほうがいいと、リーダーたちが話す。なるほど～。

結界を張ったまま少しずつ移動しながら魔物を倒す。一本道だったところからすっぽりと木々がなくなった場所に出ると、そこも魔物がひしめきあっていた。一斉に魔法を放ち、殲滅する。

するとそこはちょっとした広場になっていて、道が三方向に分かれていた。

「ここで待つか。結界は切らすなよ」

〈わかっている〉

《《当然にゃ》》

この場の魔物を殲滅したところで、すぐに別の魔物が寄ってくるからね～。結界を切らすわけにはいかないのだ。

「みなさん、MPは大丈夫ですか？」

「半分だが、一応ポーションを飲んでおこう」

「オレも頼む」

「わたくしもお願いいたしますわ」

サトシさんとセイジさん、ナディさんが手を挙げたので、ハイパーMPポーションを渡して飲んでもらう。他のみなさんも念のためにと、ハイMPポーションを飲んでいた。

ちまちまと戦いながら従魔たちや眷属たちの帰りを待っていると、徐々にみんなが戻ってきた。

最初に戻ってきたのはベルデとアビーで、今いるところから北の方向にセーフティーエリアがあるという。しかも、下りてきた階段に近い場所だったみたい。

次に戻ってきたのはカーラとラン。二羽は南東のほうにセーフティーエリアを見つけたという。

そして最後に戻ってきたのがエアハルトさんとアレクさん、ミナさんとカヨさんの従魔たち。

〈下への階段を見つけた〉

〈その近くにセーフティーエリアもあったよ〉

「よくやった！」

「さすがでございます！」

「「やったね！」」

なんと、下への階段とセーフティーエリアを見つけて帰ってきた。さすがだね！

まずは下りてきた階段に近いセーフティーエリアに行く。

ここを地図に載せておけば、あとから来る人たちが最初に休憩できるからだ。

そこでちょっと休憩したあと、下へ向かう階段近くのセーフティーエリアに移動。

従魔たちの案内のもと移動し、魔物たちを倒しながら進んでいく。ドロップも魔法で集めるというのがルーティンワークとなっていた。

そして移動を始めて四時間、お昼も過ぎた。やっとの思いで階段付近のセーフティーエリアに着いたので、お昼を兼ねて休憩する。

ちなみに、カーラとランが見つけたセーフティーエリアも通り道の近くにあったので、立ち寄って地図に記載してきた。

「途中のセーフティーエリア付近はどうだった？」

〈魔物たちがたくさんいた〉

〈だから、移動しながら殲滅してきた〉

「ルアンたちも？」

《うん。時間がかかったけど、ちゃんと倒してきたよ》

「えらい！　あ～、だからドロップが多かったのか」

私たちだけにしては妙にドロップが多いと思ったら、ちゃんと魔物を倒してくれていたんだね。

まあ、そうしないと潜っている意味がないから、そこはきちんとわかっているんだろう。

もちろん、みなさんの従魔たちもきちんと倒してきたと、胸を張っていた。えらい！

お昼が終わると、一回階段まで行ってみることにする。どうせ第四十三階層もモンスターハウスだよね……と思ったら、げんなりしてきた。

仕方がないとはいえ、毎階層だと面倒だよね。それにそろそろみなさんも疲れが出てきているのか、溜息の数が増えていたり、注意力や集中力が落ちたりしてきている。

そろそろ【家《ハウス》】を大きくして、ゆっくりお風呂に浸かりたいなあ。

そのためにも従魔たちにお願いして一気に片付けたいところなんだけど、リーダーたちはまだその選択を考えていないみたい。

というか、あと少しレベルを上げたいような雰囲気なんだよね。

まあ、気持ちはわかる。モンスターハウスを相手にしているからなのか、レベルが一番低い私が一気に十五くらい上がっているんだから、私よりもレベルが高い彼らでもそれなりに上がっているんだろうし。

それだけ魔物の数が多いってことだよね。

サトシさんとキヨシさんが確認してくると言って階段の途中まで行き、がっくりと肩を落として戻ってくる。

「下もモンスターハウスだった」

「仕方がないとはいえ……ちょっと集中力も切れてきた」

「そうだな。エアハルト、どうする？」

「うーん……ロキたちに対処してもらうか……」

「そうだな。そろそろ丸一日休みが欲しいところだし」

やっぱりそうなるよね～。リーダーたちが私のほうを見ているよ。

「「ということで、リン、頼む」」

「わかりました。下の階層でいいんですよね」

「「ああ」」

「そんなわけで、ロキ、レン、シマ、ソラ、ユキ。お願いね」

〈承知〉

《《《わかったにゃ〜》》》

ある程度セーフティーエリアを記載して地図を作ったし、明日は一日ゆっくりしたいということになった。

そのまま第四十三階層へと下り、それと同時に結界を張って魔物たちを押し戻してスペースを作ると、全員で魔法を放つ。

ロキは【流星群《ミーティア》】、レン一家は【ブラスター】だ。

私たちも一番強力な魔法を放ち、魔物を倒していく。

小さな隕石がフロア中に降り注ぐ中、オレンジと銀色の光が周囲を焼き払い、風や炎、水や石が飛び交う。それらが止むと、あちこちで魔物が光の粒子となったのが見えた。

これでこの階層の魔物の多くは倒したはず。

「よし、エリアをゆっくり探せるな!」

「だな。できるだけ真っ直ぐ歩いて階層の端にぶつかったら、二手に分かれてセーフティーエリアや階段を探そう」

「そうするか」

お昼は作らず小腹がすいたら干し肉や果物を食べて、その分夜をしっかり作ることに。

「あの、私が【家《ハウス》】を提供するので、今日は野営なしで全員ゆっくりしませんか?」

どうせこの階層には他の冒険者もいないからと、【家《ハウス》】でゆっくり休みたいと提案してみる。

「いいのか？」

「はい。特別な【家《ハウス》】なので、どんな大きさにもなりますし」

『おお～！』

私の提案に、いきなり元気になるみなさん。こんなに喜んでくれるなら、もっと早く提案すればよかった。

そこから次々にのセーフティーエリアや下への階段を見つけた。

残すところ下への階段近くのセーフティーエリアのみ。

ここからは二手に別れて探すことに。

今いる階層は見渡す限りの草原地帯だから、魔物が残っていたとしても、すぐに対処できるしね。

十分後、私たちがセーフティーエリアを見つけたので、呆気なく探索は終了した。すぐに階段のところに戻って合流したあと、全員で見つけたセーフティーエリアに移動する。

そして私は【無限収納《インベントリ》】から【家《ハウス》】を出す。セーフティーエリアのど真ん中に設置しようと思うんだけど、どんなのがいいのかな。みなさんに聞いてみよう。

「どんな建物がいいですか？」

「リンが住んでいた場所の建物が見たいですわ」

「僕も見てみたいです」

「俺も興味があるな」

「「「「「「「「是非畳の部屋を！」」」」」」」」

「おおう……わかりました。じゃあ、日本家屋で温泉旅館風にしますね」

どんだけ畳に飢えているんだろうね、『アーミーズ』のみなさんは。

全員の様子に苦笑しつつ、三人部屋や二人部屋、一人部屋と大部屋や大きなお風呂、キッチン……と私が知っている温泉旅館を思い出しながら、【家《ハウス》】の煙突を触る。

すると、そこに平屋で茅葺き屋根の大きな日本家屋がデーン！　と出た。

『おお～!!』

パチパチと全員から拍手をいただいてしまった。

全員で玄関に入る。従魔たちや眷属たちの足の裏は、ラズが綺麗にしてくれた。ありがたや～。

「靴を脱いで、スリッパに履き替えてくださいね」

「なるほど……。フルドの家屋に似ているが、それよりも立派だな」

「ええ。素敵ですわ！　木の香りとなにかしら……とてもいい香りがしますわね」

「とても落ち着く香りですね、リン」

「たぶん畳に使われている草の香りだと思います」

部屋がいろいろあるからと、みなさん探検を始める。どこで寝るか話し合っていて楽しそうだ。

私も一緒に探検して、従魔たちのことを考え、大部屋で寝ることにした。

お風呂は、私たちが全員一緒に入っても大丈夫なほど大きくて男女別だし、従魔たちや眷族たち

も入れる。キッチンの隣には畳が敷いてある広い食堂が。

個室にもお風呂やトイレまでついているんだから凄い。

そしてなぜか遊戯室みたいなところがあって、卓球台やダーツがあったのには笑ってしまったし、ヨシキさんやマドカさん、両親が張り切っているのがまたなんとも笑える。

設置するとき、ここまでの内装ははっきりと考えていなかったけど、きっと元の世界のことを思い出した結果なんだろう。

「これなら一日ゆっくりできるな」

「どうせ誰もいないんだし、毎日これでもいいわよね」

『それだ!!』

マドカさんの言葉に、『フライハイト』を含めた全員が叫ぶ。誰もいないんだからそれでもいいよね。ということで、これ以降私が【家《ハウス》】を提供することになりました。

改めてもっと早く提案すればよかったなあ……と、ちょっとだけ後悔した。

「そういえば……タクミとミユキはわかりますが、どうしてヨシキたちはタタミとやらのことを知っているのですか？」

晩ご飯を食べているとき、アレクさんが不思議そうな顔をしてそんなことを尋ねる。当然のことながら、ナディさんも同じような表情で首を傾げていた。

エアハルトさんは『アーミーズ』の秘密を知っているけど、自分の秘密ではないからと、もちろんアレクさんとナディさんには話していない。

両親は、自分たちが転生者だとエアハルトさんを含めた三人に話しているんだけどね。どうするのかな。転生者ってことを話すのかな。

『アーミーズ』の全員が小さく頷くと、代表でヨシキさんが話し始める。

「実は、俺たち全員、リンと同じ世界からの転生者なんだ」

「「なっ」」

「驚くのもわかる。そもそもの話、リンを見守ってほしいと、アントス神に言われてずっとリンを捜していたんだ」

若干額に青筋をたて、アントス様がやらかしたことを話すヨシキさん。

それについてはエアハルトさんも初耳だったらしく、アレクさんやナディさんと一緒に絶句したあと、思いっきり溜息をついた。

まあ、そうなるよね～。私だって溜息をついたくらいだもん。

「ですから、リュックという鞄もその服も、独特な形をしているのですね」

「ああ」

それから、『アーミーズ』の全員が元の世界でなんらかの形で私に関わっていたと話すと、アレクさんたちは目を丸くして驚いていた。

「本当にいろいろあったんだな。以前も言ったと思うが、秘密は守る。過去は過去だしな」

エアハルトさんが『アーミーズ』に向かって言う。

「そうでございますね。僕たちも恩恵に与りましたし」

「そうですわ。できれば、わたくしにもそのメイサイ服というものを作っていただきたいですわね」

アレクさんとナディさんも同意していた。

「ありがとう」

ホッとしたように息を吐くヨシキさんたち。

そこからはエアハルトさんたちは質問攻めだった。

畳はなにでできているとか、屋根はどうなっているとか。卓球やダーツも気になっていたようで、その遊び方までレクチャーしてもらう始末。

特にダーツは投擲の練習になると、みんな喜んでいた。

「卓球やダーツは明日にしよう。見張りをしなくていいとはいえ、疲れが溜まっているから早く寝たい」

「ああ、すまん。そうだな。明日は丸一日休日でいいか？」

「そうしよう。疲れていて全滅なんて、洒落にならんからな」

ということで、翌日は丸一日休みとなった。

翌朝。国から支給されたポーションはほとんど使ったし、私は少なくなってきたものを作りたいからと部屋にこもり、ハイパー系を中心に作る。ひとつひとつの傷は小さいとはいえ、全身傷だらけになったことがあった。神酒《ソーマ》も数回使ったけど、まだ残っているので、今回は見送ることにした。

もちろん、ハイパー系の次によく使った万能薬も作ったよ。

午前中いっぱいポーションを作り、午後は従魔たちと眷属たちをもふり倒す。

先日落とし穴に私が落ちたとき、近くにいなかったからとすごく凹んでいて、夜になるとずっと沈んでいたのだ。そんなこと気にしなくていいのに。

空を飛べる子たちがいたんだから、そういうのは任せればいい。適材適所でしょ、そういうのって。

「気にしなくていいんだよ？　あれはきちんと注意していなかった私も悪いんだし。あれ以降はなにも問題なかったんだから、気にしないで」

〈だが、我らはリンの従魔で、護る立場の者だ。それを怠ってしまったのだから、気にしないわけにはいかない〉

〈そうだよ。ラズもびっくりした〉

〈〈〈〈我らもにゃー〉〉〉〉

〈リンママ、オレも〉

〈スミレモ〉

『我らも！』

小さくなって全員が寄ってきて、私にすりすりしてくる。

うう……本当にいい子たちだし、真面目なんだなあ。

気にしなくていい、無事だったんだからその分これから頑張ればいいとなんとか気分を上げさせることに成功したあと、一匹ずつもふったり抱っこしたり撫でたりしまくった。

アニマルセラピーって凄いよね。私まで元気になったんだもん。

ここのところずっと忙しくて構ってあげられなかったから、ご飯まで、ずーっとみんなを構い倒した。

ご飯のときはみなさんとても生き生きしていて、ダンジョンに潜る前のように元気になっている。

ダーツで投擲の練習をしたり、卓球をしたりお風呂に入ったり、私のように薬やポーションを作ったりしていたそうだ。

ライゾウさんは武器と防具のメンテナンスをしていたんだって。私は必要ないからと断ったけど、みなさんはきちんとメンテしてもらったらしい。新品同様になったと、みなさん喜んでいる。

それぞれ好きなことをして、充実した一日だったみたい。

これなら明日は凄いことになるんだろうなあ……と思って眠った。

翌日は本当に凄かった。

朝ご飯を食べたら装備やポーションを点検し、私は【家《ハウス》】を小さくしてから出発。多少魔物たちが湧いていたので戦闘しつつ階段を目指して歩き、そのまま第四十四階層へ。

そして一昨日同様に全員が全力で倒したあと、地上と空から第四十四階層を探索する。この階層も草原だった。

魔物はオークキングやクイーン、オークジェネラルなどのオーク系とレッサードラゴンが出た。

下に行くほど魔物たちも強くなっていて、戦闘がどんどん苛烈になっていく。

だけど、私たちもここに来るまでに戦闘をしてレベルを上げているんだから、それ相応になっている……と思いたい。みなさんもそれを感じているようで、自信を持って戦っているしね。

私も薬師として、きちんとポーションを作れることが嬉しい。

よし！　と内心で気合いを入れ、地図を作りながら歩く。

魔物たちがいないということで、全員ばらけて探索している。探索時間を四時間と決め、近くなったら階段のところに集合することになっているのだ。

私はロキに跨《また》がって時間ぎりぎりまで探索し、帰還の転移陣と第四十五階層に下りる階段も見つけた。

階段を途中まで見に行ったら、やっぱり魔物がひしめきあっているし……

「ロキ、確認はしたしそろそろ時間切れになるから、みんなのところに戻ろう」

〈承知〉

ロキにのせてもらい、みなさんのところに戻る。すると私以外は全員集まっていて、焦る。

「すみません、遅れました！」

「大丈夫、まだ時間はあるから。リンのほうはどうだ？」

「えっと、セーフティーエリアと階段、転移陣を見つけました。一応途中まで行って様子を見てきましたけど、魔物たちがひしめきあっていました」

「「やっぱりか……」」

エアハルトさんとヨシキさん、サトシさんとキヨシさん、セイジさんが集まって地図に私が伝えた情報を描き加えている。

このまま階段近くのセーフティーエリアに行こうと決め、歩いて移動する。

途中でクランベリーに似た果物やメロン、低木に生っているラズベリーやブルーベリー、イチゴがあったので採取した。薬草はラズが採取してくれた。

休憩を挟みつつ三時間歩いたところ、やっとセーフティーエリアに着いたので、すぐに【家《ハウス》】を大きくし、全員で中に入る。そして食事をしながら作戦会議。

草原や森、山ならば、魔物を倒してから探索すれば一日で二階層は移動できそうだということで、実行することに。

今日は第四十五階層までを攻略し、探索することができた。

結局、第四十六階層が迷路、第四十七階層が鉱山だった。どちらも簡単に攻略することができずにちょっと苦労したけど、結界を張ってみたり、罠を利用したりして魔物を倒した。

それから、第四十八階層と第四十九階層は海でした！

一気に殲滅したから大量の魚介類をもらうことができたし、バーベキューもしたよ～。

そんなこんなで、いよいよ明日は第五十階層のボス戦。ラスボスだといいな。

なにが出るかわからないから武器と防具のメンテをしっかりしたし、ポーションも出し惜しみせずにありったけを用意すると、呆れられてしまった。

残すところ、あと五日。その間にボスを倒し、できればダンジョンコアを探して破壊したいと、全員一致で決まる。


そして翌朝。

「「よし、行くぞ！」」

『おう！』

リーダー二人の合図に気合いを入れ、ボスの扉を開けた。

扉を開けた先にいたのは、炎の魔人と土の魔人。魔物というよりも、魔人というらしい。

お供にベヒモスというゴツイ角が六本生えている、サイの頭を持った魔物が五体とミノタウロスが五体、そして炎と土をそれぞれ纏った狼が五体ずつと、レッドウルフとシルバーウルフが十体ずつ。こっちの人数が多い分、相手の数もかなり多い。

ボスは炎がイフリート、土がタイタンという、とても大きな魔人だった。

彼らはベヒモスやミノタウロスの倍近い身長があるし、ベヒモスたちだって一番大きいヨシキさんの頭三つ分はデカイんだから、相当大きい。

それもあり、かなり広い空間であるはずのボス部屋が、狭く感じていた。

「魔人、とはな……」

「悪魔もいるし、こんなもんだろう」

「アンデッドのほうがまだ楽っすよ」

「そうか？　ウルフ系はすぐに倒せるから、数が多くてもそっちのほうが楽だな」

『どのみちめんどくさい！』

みなさんブツブツ言いながらも、背後で戦闘開始となる扉が閉まる音を聞いている。同時に全員が一番強力な魔法を放ち、お供を先に倒すことに。

まずはロキの【流星群《ミーティア》】とレン一家の【ブラスター】が炸裂。それに続いて【テンペスト】や【フレイムランサー】、【ストーンエッジ】や【シャドウエッジ】、【アクアランサー】など、とにかく自分が持っている魔法の中で一番攻撃力が高い魔法を放つみなさん。

私も【テンペスト】を使って攻撃。

ドーン！　ドカーン！

それぞれの魔法が作用し合い、魔物を中心に爆発が起きる。床にも被害があったようで細かい石が飛んできたけど、防御結界を張っていたから私たちにはなんの被害もない。

煙の隙間から光の粒子になっているのが見えたので、戦闘の邪魔にならないようドロップを集め、リュックにしまう。魔石の数が二十五個あったから、かなりの数を減らせたはず。

「魔石の数が二十五個ありました！　あとちょっとでお供は殲滅できそうです！」

「よし！　もう一回同じ魔法を放つぞ！」

『おう！』

煙が消える前にもう一度同じ魔法を放ち、様子を見る。その間にハイパーMPポーションを飲んだりして、ボスに備えた。

そして光の粒子が見えたので、消えるのを待ってまた集めると、魔石が十五個あった。これでお供の数と同じになったけど、どうかな？

【風魔法】で煙を払い、様子を見る。

すると、ボスだけが残っていた。だけどどっちも片腕が取れていて、瀕死とまではいかないけど、それなりにダメージは与えたみたい。

「よし、半分に分かれるぞ！」

「ああ！」

左右に分かれ、イフリートとタイタンに対峙する。私は移動が遅いし一番弱いので、リュイに跨《また》がって空から攻撃することに。

タイタンの弱点である【風魔法】を使って攻撃しつつ、様子を見ながらポーションを全員にかける。

ラズはレンの頭の上から、主に回復を中心に動いている。だけど時々【風魔法】や【樹木魔法】の【ウッドチェーン】を放っていた。

スミレもペイルにのって、上から【シャドウチェーン】や【シャドウエッジ】を放ったりしている。

試しに【即死魔法】を使ったみたいなんだけど、レジストされたって言っていた。

レジストって拒否とか抵抗があったとかそういうのだっけ？

ボスだけあって、そういう能力は高いみたい。

ロキとロックはヨシキさんが率いる炎の魔人側。【ロックハンド】や穴を掘ったりしている。

レンとユキはエアハルトさん率いるタイタン、シマとソラはイフリート側にいて、たまに【ブラスター】を放ったりしている。

みなさんが持っている武器は全部神話《アーティファクト》で、武器自体に魔法を纏わせることができるものばかり。

魔人たちの苦手な属性魔法を纏わせ、スキルを発動して攻撃している。

さすがボスだけあり、魔人たちも魔法や武器を使って攻撃していて、上空から見てハラハラしてしまう。だけど、そこは散々戦ってきただけあり、避けたり盾で逸らして攻撃をかわしていた。

それでも怪我をしたりなにかしらの状態異常になるので、ラズと一緒に魔法やポーションで治す。

一回、魔人たちが持っていた武器で薙ぎ払われてヤバイ状況になり、慌ててラズのエリアヒールと合わせて神酒《ソーマ》をかけて回ったよ……

そうこうするうちにお互いに疲れが見え始め、またジリ貧になるよりはと思ったのか、エアハルトさんとヨシキさんから指示が飛んでくる。

「「リン、首を狙え！」」

「わかりました！」

ラグナレクに魔力を通し、切れ味を上げる。リュイに下降してもらい、まずは炎の魔人《イフリート》のところへ行って大鎌を振るった。そのまま土の魔人《タイタン》のところへ行くと、同じように振るう。

もちろん、みなさんもまだ攻撃している。

首から心臓にかけて袈裟《けさ》懸《が》けに斬られた魔人たちは、魔法や剣などを浴び、レン一家の【ブラスター】でその命を散らすと、光の粒子となって消えた。それからドロップを落としたあと、宝箱が出現する。

しばらくそのままでいたものの、次が出てくるということもなかったので、全員でドロップを拾ったあと宝箱を開ける。

中身は大金貨と、属性がついた武器や防具、職業に付随したなにかだった。私の場合は大量の薬草と乳鉢のセットがふたつに、従魔たちと眷属たち用なのか、魔法攻撃力が上がるリボンや足輪、腕輪が入っていた。

あとで装備させてあげないとね。

中身を取り出した宝箱が消えると同時に、奥の扉が開く。

「よし、一度見てみるか」

「ああ。キヨシ、一緒に頼む」

「はいよ」

宝箱に罠があると困るからと、リーダー二人とキヨシさん、サトシさんの四人で扉の奥に入る。

警戒しながら待っているとサトシさんが顔を出し、手招きされたので、全員で奥のほうへと行く。

奥にあったのは転移陣と宝箱、そして下に下りる階段だった。宝箱には装飾品と大金貨、レベル四の神酒《ソーマ》、神話《アーティファクト》の武器と防具が入っていた。

ずいぶん太っ腹だね！

だけど、階段の先がとても気になるからと様子を見に行けば、またボス部屋だった。

『マジか～!!』

全員でそんな言葉を吐き、溜息をつく。魔力を回復しないといけないから、とりあえず階段を下り、ボス部屋手前の部屋で休憩する。

私はその間に、従魔たちや眷属たちに足輪やリボンなどを装備させた。みなさんも同じように装備させている。

「中のボスはなにかしらね」

「また魔人だったりして」

「さっきは炎と土だったから、今度は水と風、とか？」

『あり得る』

全員でげんなりしつつ、ちまちまと回復するのが面倒だからと、宝箱から出た神酒《ソーマ》を使って全回復。お腹もすいたからと、握ってあったおにぎりを出し、それでお腹を満たした。

「さて、どうする？」

「ここを攻略しないと、ダンジョンコアの部屋が出ないからな……」

「今の戦闘でレベルも上がったし、もう少し休憩したら行こうよ」

「だな。ボス部屋の検証もしないとならんし」

「兄様、特別ダンジョンでも検証なさったとお聞きしたのですけれど、本当なのですか？」

「ああ。そのときも職業や人数を変えて検証しまくったな」

キラキラとした目でナディさんが質問していたけど、本当だったとは思わなかったらしく、笑顔のまま固まった。そしてすぐ、諦めたような顔をして溜息をつく。

そうなるよね～。私もげんなりだよ。

休憩も終わり、ボス部屋へと入る。

そこにいたのは、予想通り水の魔人であるウンディーネと風の魔人であるシルフだった。お供はキマイラと河童が五体ずつ、水と風を纏った狼が五体ずつ。そしてブラックベアとケルピーが十体ずつだ。

というか……なんで河童？　確かに凶悪な顔をしてるけども！

『なんで河童……』

『アーミーズ』のみなさんも微妙な顔をして呟いている。

このチョイスってどうなっているんだろう……

というか、誰が決めているのかな？　すっごい不思議な組み合わせだよね！

まあ、やることは変わらないし、さっさと倒しますよ〜。

私はさっきと同じようにリュイに跨《また》がっていたんだけど、面倒になったらしいみなさんは一番強力な魔法を三発放ったあと、大鎌の攻撃をお願いしてきた。なので、さっさと魔力を通して魔人たちを斬りつけたあと、また全員で魔法を放って倒した。

気持ちはわかる。私も面倒だったし。

そんなこんなでドロップを拾ってから宝箱を開け、開いた扉の先に行く。すると、今回も前回と同じような内容のものが宝箱の中に入っていた。ただし、今回は神酒《ソーマ》じゃなくて女神酒《アムリタ》だった。

そして、またしても階段が。下りてみれば、やっぱりボス部屋だった。

『…………』

おおう……某RPGのように、ボス三連戦!? さすがに三連戦はキツイと思ったみたいで、みなさん無言で溜息をついている。

「さすがに戦う気力はねえぞ?」

「だよなあ……」

「どうせ魔物は湧かないし、ここで一夜を明かすか」

「そうね。リンの【家《ハウス》】を大きくしても、問題ないくらいの天井の高さと広さだし」

「じゃあ、さっさと設置しますね」

連戦で疲れきっているのに、このままボスに挑むなんてことをしないみなさん。まだ日暮れ前なんだけど、明日に備えて休むことにした。

お風呂に入ったあとで食事をしながら話し合った結果、まだ数日あるし、ボスを倒したあとの一日を検証に、二日をダンジョンコアを探すことに使うと決まった。

ダンジョンマスター戦前に、女神酒《アムリタ》を使って魔力量を増やしてはどうかという提案をしたいんだけど、例の制約のせいでなにも話せないし、どうにもできなさそうで困っている。セコいけど、神酒《ソーマ》と混ぜよう……なんて考えられても困るのだ。

話せないんだから、アントス様あたりから神託かなんかで話してくれるといいけど、そんな都合のいい話はないし……

なんて思ってたら急にみなさんの顔が青ざめ、私を凝視する。そのことに首を傾げていたら、エアハルトさんとヨシキさんに、両肩をガッチリと掴まれた。

「リン！　混ぜるなよ！」

「混ぜるな、危険！　だからな！」

「は、はい！」

どうやらアントス様がなにかしたようで、青ざめた顔をしながら神酒《ソーマ》と女神酒《アムリタ》の瓶を振っている。

あ～、アントス様が話をしたんだなあ……と察してしまった。

「アントス様からですか？」

そう聞くと全員が激しく頷いたので、当たってたみたい。アントス様、グッジョブです！

で、どうせなら明日のボス戦前に使えば魔力が大幅に増えるからと、扉を開ける前に全員で使うことにした。


ぐっすり眠った翌朝。いよいよ三回目のボス戦です。

昨日ライゾウさんがメンテをしてくれたり、レベルが同じだった神話《アーティファクト》の武器や防具を合成したりと、強化を図ってくれた。なので、本人のレベルもさることながら武器や防具もレベルアップしているからか、みなさん気合い充分。

私もまたポーションを作ってみなさんに配った。もしアンデッドが出てもいいように、神酒《ソーマ》もちょっとだけ作ったよ！

女神酒《アムリタ》を飲み、準備が整ったので扉を開けると、昨日戦った四人の魔人がいた。だけど、なんだか様子がおかしいような……？

戦闘態勢を維持したまま扉が閉まるのを待つ。すると、彼らが一斉にジャンピング土下座をしたのだ！　というか、この世界にも土下座があることに驚いたよ……

「な、なんだ……？」

「さあ……」

そういえば、アントス様も土下座をしていたことを、今さらながら思い出した。

彼らのいきなりの行動に、こっちは首を傾げるばかり。どうしたのかと思えば、彼らから「ありがとう！」と、なぜかお礼を言われた。そのままだと話もしづらいからと、なぜかボス部屋でお茶会開始です。

パウンドケーキやクッキー、スライムゼリーを使ったマンゴーゼリーやミルクプリンに感動していた。

「実は、我らはここのダンジョンマスターに囚われている」

「解放条件のひとつが、我らを二度倒すことであ～る」

「そしてもうひとつの条件が、ダンジョンマスターを倒すことですの」

「そうすれば、私たちは解放されます」

土、炎、水、風の順番で話をする魔人たち。

なんと、魔人たちはダンジョンマスターに騙され、ボスとして囚われているという。それは西の上級ダンジョンも同じで、そちらのボスは彼らの配下だそうだ。

配下たちは既に条件を満たして解放されたということだった。

「解放された配下によりますと、西の上級ダンジョンは十日ほど前にマスターもコアも破壊されたようですの」

「「本当か!?」」

「そうなのであ~る。だから、ここのコアを破壊すれば、二度とスタンピードが起こることもなくなるのであ~る。ダンジョンマスターが現れることもないのであ~る」

ヘルマンさんたちが攻略したと聞いて、俄然殺《ヤ》る気になるみなさん。もう、殺気が凄いです。魔人さんが怯えているから、それをしまったほうがいいかも。

「本来であれば、我らを倒してから下に行くことになっておりますけれど、わたくしたちはあなた方と敵対することはありませんわ」

「ええ。このまま攻撃していただければ、大丈夫です」

「騙されるなど情けないことではあるが、本来は俺らもアントス様に仕える身だ」

「だから解放してほしいのであ~る」

せっかく仲良くお喋りをしてお茶を飲んだりしたというのに、彼らを倒さないとこの部屋からは出られない。私たちが躊躇っていると、是非解放してくれと懇願されてしまった。

「……ダンジョンマスターを倒せば、きちんと解放されるんだな？」

「「「はい」」」

「わかった。じゃあ、すぐに殺る」

神話《アーティファクト》の武器を構えるみなさん。心苦しいけど、彼らを解放するためだと涙を呑み、全員で斬りつけた。

彼らは抵抗することなく斬られる。嬉しそうに「ありがとう」と笑みを浮かべ、光の粒子となって消えた。残ったのはドロップと魔石、宝箱だ。

無言でそれらを拾い、宝箱を開け、次に備える。宝箱の中身は属性魔法の威力が上がるピアスやネックレス、腕輪だった。

もちろん、従魔たちや眷属たちのものまであって、彼らからのお礼だと考え、すぐに身につける。

「……さあ、行くぞ」

「さっさとラスボスであるダンジョンマスターを倒して、彼らを解放しよう」

『おう！』

みなさん、それぞれにやるせない気持ちを引きずることなく、やる気どころか殺《ヤ》る気を漲らせている。

ダンジョンマスターは、アジ・ダハーカという首が三つあるドラゴンだそうだ。お供にドラゴンゾンビが十体。ただ、お供は十人以下なら十体出るけど、私たちの人数がそれ以上いるからどれだけ出るかわからないという。

そしてアジ・ダハーカは倒すと変形し、ザッハークという両肩から蛇を生やした人型《ひとがた》になると、教えてくれた。変形している最中は無敵状態なので手を出さず、回復や強化に専念しろとまで教えてくれた。

ドラゴンゾンビの対処はわかっているから、回復が使える私とラズ、リュイと両親でドラゴンゾンビを担当し、他のみなさんはアジ・ダハーカと対峙することに。

戦闘用に身体や魔法防御などの強化をしてからラスボスがいる部屋の中に入る。すると彼らの言った通り、首が三つあるドラゴン――アジ・ダハーカと、ドラゴンゾンビがいた。

ただし、ドラゴンゾンビは全部で十二体と、想定していたよりも少ない。

ラッキー！

ということで、戦闘に突入する。

ラズとリュイは【エクストラヒール】と【エリアヒール】を使ってドラゴンゾンビを攻撃し、私と両親は神酒《ソーマ》を使って攻撃。ラズとリュイの魔法二回ずつとレベル五のソーマを二本も投げれば光の粒子となって消えるんだから、ある意味簡単だ。

ちらりと前衛のほうを見れば、ロキが【星魔法】の【メテオ】を使ったのか、大きな隕石がドーン！　とアジ・ダハーカに突き刺さる。同時にロックが【フレア】を使ったらしく、爆発していた。

そしてレン一家は【ブラスター】をお見舞いしているし、スミレは【ダークチェーン】と【シャドウランス】を放っている。眷属たちも【フレア】や【ボム】、【メイルシュトローム】や【ウッドチェーン】、【シャドウエッジ】などを使って、みなさんが攻撃している補助をしたり、一緒に攻撃したりと、真剣に、そして本気で戦っていた。

ラズはドラゴンゾンビと戦いながら、アジ・ダハーカと戦っているみなさんに【エクストラヒール】をかけている。

よし、私も頑張らないと！　と気合いを入れ、ドラゴンゾンビの尻尾攻撃やブレスを避けながら、神酒《ソーマ》で攻撃する。十分もすると全滅したのでドロップを集め、アジ・ダハーカの攻撃に加わった。

私たちは後衛で回復役をすることになっているので、ポーションを投げたりしている。

私は、ダンジョンマスター戦に入る前に、魔法が【風魔法】から【樹木魔法】にランクアップしてた。それに伴って【エリアヒール】が解禁になってはいたんだけど、レベルが足りておらず使えなかった。

それがたった今、ドラゴンゾンビを倒したことで使えるレベルにあがったのだ。ラズやリュイと一緒になって【エリアヒール】や【エクストラヒール】を全員にかける。

そしてリュイに跨《またが》るとみなさんの近くに行き、ハイパー系二種類をかけ、おまけとばかりにブレスを吐こうをしていたアジ・ダハーカの首を斬り落とした。

首がひとつなくなったことで少し余裕が出たのか、みなさんの攻撃が活発になる。

残りの首を私とみなさんで攻撃した結果、見事にふたつとも斬り落とすことに成功する。

ラストはロキとロックの魔法でとどめを刺すと、光の粒子となったアジ・ダハーカは魔石を三つ落とした。それからすぐに風が渦巻き、風の繭を作り始める。

「よし、今のうちに回復とバフの重ねがけをしておくぞ」

「切れ味もよくしておくぞ」

まずは全員に神酒《ソーマ》を飲んでもらって全回復させ、ナディさんとミナさん、カヨさんが防御を強化していく。

ライゾウさんは、鍛冶《かじ》師のスキルを使っている。石を持って剣や槍を撫でると、キラキラと光って石が消えた。

ライゾウさんいわく、剣などの切れ味をよくする魔法で、戦闘中にしか使えないんだって。いろんな魔法やスキルがあるんだなあ、と感心してしまった。

私たちの準備が終わると同時に、敵も変形が終わったのか、渦巻いていた風がなくなる。現れたのは、アントス様の顔にそっくりでヨシキさんくらいの身長、両肩にヘビが生えた人。

なんか、ヘラッとした顔とアントス様の顔を真似したのがムカつく!

それはみなさんも同じだったようで、余計に殺る気を漲らせて剣を構える。しかも、「リンに強制依頼……」って言っていて、めっちゃ目が据わっている。

それを見たダンジョンマスターが焦っているが、知ったこっちゃない。アントス様に似た顔なら攻撃を躊躇うと思ったんだろうけど、今回に関しては逆効果だったみたい。

そこからは、蹂躙劇でした！

ダンジョンマスターは全方向から来る攻撃を避けられず、なすがままになっている。

しかもみなさん、剣や槍を刺したところに魔法を流してるんだよ？

どんだけ怒っているんだって唖然としたし、ちょっとだけ嬉しかった。

特に私の従魔たちと眷属たちが激おこで、ずっと交代で攻撃してたよ……

そんなみなさんは散々攻撃してスッキリしたのか、最後は全員で私に声をかけてきた。

『殺《ヤ》っていいぞ』

「……ハイ」

ヘビと首を同時に斬ると、みなさんが最後だとばかりにもう一度攻撃する。すると、ダンジョンマスターは崩れ、光の粒子となって消えた。

しばらく警戒していたけど、なにも起きなかったので、警戒を解く。その場に残ったのは小玉スイカくらいのやたら大きな魔石が三つと、バスケットボールサイズのダンジョンコア、そして宝箱。

先に魔石と宝箱の中身を回収し、ダンジョンコアをマジマジと眺める。

「なるほど。ダンジョンコアを飲み込んだから、ボスが三段階、ダンジョンマスターが二段階になったのか」

「バカな奴。別のところに置いておけばまだ安心だったのにな」

「場合によっては復活できたかもしれないのにな」

「アントス神の顔にしたのも失敗よね」

エアハルトさんとヨシキさん、セイジさんとマドカさんが真っ黒い笑みを浮かべてふふふ……と笑っている。ある意味怖いけど、早くダンジョンコアを破壊して、第四十九階層に戻ろうと、全員で話す。

それからみなさんや私の従魔たちや眷属たち全員でダンジョンコアを攻撃し、破壊した。

すると、ゴゴゴ……と奥の扉が開いたので、奥の扉に向かう。

そこには従魔たちや眷属たちを含めた全員分の宝箱と、全階層に行き来できる転移陣が。

これでどこの階層にも行き来できるようになった。

キヨシさんに罠などの確認をしてもらったあと、一斉に宝箱を開ける。入っていたのは白金貨と、【無限収納《インベントリ》】になっている鞄だった。形はそれぞれ違い、従魔たちのは面白い形のもある。

「おお～！【無限収納《インベントリ》】の鞄は助かるわね！」

「ええ！それも神話《アーティファクト》ですもの！」

「しかも、自動修復機能がついた優れものだ」

『おお～！』

マドカさんとナディさんの話に、ライゾウさんのダメ押し。彼らの話に、全員が喜んだ。

従魔たちのは首にかけられるようになっていたり、足につけられるようになっていて、伸縮自在の【付与《エンチャント》】がついているんだって。凄いね！

「よし、一度四十九階層に戻るぞ」

「ゆっくりしたあとは、ボス戦の検証な」

エアハルトさんとヨシキさんの言葉に全員頷くと、第四十九階層と念じて転移陣に触る。その階層に着くと魔物を倒しつつ、下りる階段に近いセーフティーエリアまで行った。

【家】《ハウス》を出して大きくし、中で休憩する。

なんだかホッとしたよ。それからみんなに鞄をつけることにした。

ラズは王冠の形で、スミレはリュックみたいに背負うタイプ。ロキ一家やレン一家のものは首にかけられるタイプだ。そして飛べる眷属たちは首か脚につけられるようになっている。

つけてほしいと言われたので全員につけていると、他のみなさんも自分の従魔たちに鞄をつけていた。

みんな喜んでいて、よかった！

ダンジョンマスターもコアも破壊したからとゆっくり過ごし、夜はバーベキューで楽しむ。そこに魔人四人がやってきて、解放されたと喜んでいた。

お礼として、彼らがそれぞれの属性魔法を強化してくれたよ〜。

一緒にバーベキューを堪能したあと、彼らは「いろいろとありがとう」と満面の笑みを浮かべ、どこかに行ってしまった。

それを見送ったあと、私たちも寝る準備。ゆっくりお風呂に浸かって疲れを取り、つるすべふわもふに包まれて、ぐっすり眠った。

翌朝、準備をしてボスに挑む。特別ダンジョンと同じように、一日かけて職業や人数の違いでどう変わるのかを検証する。その結果は、特別ダンジョンとあまり変わらなかった。

変わっていたのは、ラスボスがいた部屋がなくなっていたことだ。不思議だよね。

「ああ、それはダンジョンマスターがコアを飲みこんでいて、そのコアを破壊したからだな」

「ダンジョンマスターの部屋からコアを探す必要がなくなったからだろう」

「なるほど～」

このダンジョンはマスターがコアを取り込んだ関係で、そうなったみたい。

普通はダンジョンマスターの部屋からコアが隠されている別の扉なり隠し部屋を探し、コアを破壊することで最後のボス部屋だけになる仕様なんだって。

面白いよね。

最後の一日はレベル上げだと何回もボスに挑むみなさん。もちろん私も参加した。まあ、従魔たちやいつの間にか抜かれていた眷属たちのレベルには敵わなかった。

それでも、【風魔法】が【樹木魔法】になったりレベルがたくさん上がったり、薬草もたくさん採れたので、私たち全員にとって実りの多いものとなった。

翌朝ダンジョンから出て、エアハルトさんとヨシキさんはお城と冒険者ギルドへ報告しに行った。そのまま素材や魔石も売ってきてくれるというので、不必要なものは全部預けてある。

ギルマスとサブマスには国から話が通っているそうで、個室で話をするだろうと言っていた。王様から招集がかかるとしたら、もう少しあとになるだろうとも。

他の領地がどうなったのかわからないから、それを待って話をするかもしれないという。

きっと今ごろ王様たちは、各地のギルドや冒険者たちから報告を受けてバタバタしているんだろうなあ。

リーダー二人と別れたあとは、それぞれの拠点や自宅に戻る。みなさんはゆっくり休むつもりでいるみたいだけど、私は明日からまた店を開けないといけない。

もちろんそれは両親やライゾウさんも一緒だ。

「長い間閉めていたから依頼が殺到しそうで怖いんだが……」

「そうしたら手伝うから」

「「うちらも」」

「助かる。マドカ、ミナ、カヨ」

うんざりしたような顔をしたライゾウさんに対し、マドカさんたちが張り切っていたのが面白い。

というか、どこにそんな体力があるんだろう……。凄いなあ。

それを聞いて、私もしっかり準備しようと思う。といっても、ダンジョンに持っていったポーションが余っているのでそれを使うつもりだけど。

まずは神棚に手を合わせ、無事に帰ってきたことを報告する。それからお掃除をしたあとでお供えをし、暖炉に火を入れてみんなとまったりした。

そういえばお正月もできなかったなあ。まあ、それはみなさんも一緒か。そのうち餅つきをやりたい！　とか言い出したりして……

それならそれでもいいかと、ご飯以外は従魔たちや眷属たちとまったりもふもふまみれになって過ごし、次かその次の休みに、森でまたかまくらを作って遊ぶ約束をした。


そして、久しぶりの開店日。

「あ～、一ヶ月ぶりだから、並んでますね」

「仕方ないわね。レベルの高いポーションは、あっても困らないもの」

「そうでございますね。今回もリンのポーションのおかげで本当に楽でございましたし」

母とアレクさんが、外に並んでいる冒険者を見て、苦笑している。ダンジョンでもレベルの高いポーションが活躍してたからね～。特にラスボス戦で。

アレクさんと母、ラズが手伝ってくれるというので開店する。

「リンちゃん、久しぶり！」

「やっと安心できるポーションが買えるぜ～！」

「一本あるだけで、心持ちが違うんだよな」

「そうなのよね～。アタシも安心だもの」

「お久しぶりです！　お待たせしてすみません！」

「待ってたよ！」って言ってくれる冒険者のみなさん。安心と言ってくれて、とっても嬉しい！

みなさんの話によると、他の薬師も頑張っているらしく、最近はポーションのレベルが上がっているんだって。他にもハイ系が安定して供給され始めて、そのうちハイパーか万能薬を作れる薬師も出てくるんじゃないか、と話す冒険者のみなさん。

そっか～。王様の喝が効いたのかな。

私が言うのもおこがましいけど、そうやって頑張ってくれるといいなあって思う。

それからはお喋りしている暇もなく、ヒーヒー言いながらポーションを売る。その日から三日ほどそんな日々が続き、ようやく落ち着いたのは、お休みの前日だった。

その日の昼。

「リン、例の件で、陛下と宰相殿から呼び出しがきた。明日の朝からだが、大丈夫か？」

「はい、大丈夫です」

いよいよダンジョンの件で報告をすることになるみたい。

スヴェンさんたちやヘルマンさんたちは、どんな活躍をしたのかな。今からとっても楽しみ！

第六章　王宮へ報告とプロポーズ

朝からお城にやってきた。

今回も前回と同じ部屋に通され、それぞれのパーティーリーダーたちが報告することになっている。

情報交換をして待っていると、すぐに近衛に囲まれた王様と宰相様がいらしたので、全員で立ち上がり、お辞儀をする。

「楽にせよ」

「……それでは、まずこちらから報告をさせていただいてもよろしいですかな？」

宰相様の手には、紙の束が握られている。

まずは宰相様からの報告を聞くことに。

宰相様の報告は、各領地の攻略状況だった。タンネの町を含め特に問題なく攻略できているという。

まあ、上級ダンジョンは王都を除くと他には五つしかなく、そのうちの三つは二十階層までしかないものらしい。浅いからといって、魔物が弱いわけじゃないんだけどね。

あとは様々な組み合わせのダンジョンが各領地にあるんだとか。

中にはダンジョンコアを破壊したり、コアは発見できなかったけどダンジョンマスターを倒したダンジョンもあるそうなので、スタンピードの危険だけは避けられたらしい。

それを聞いて、参加している冒険者たちもホッとした顔をしている。お〜、よかった！

ちなみに、タンネの町がある領地の領主は交代し、ギルドマスターやギルド職員は改心していたそうなので、監視付きではあるけど今のところそのままだそうだ。

……あの茶髪のおっさんはどうしたかな。改心したのかな。改心しているといいなあ。

「わたくしからは以上です。それでは、報告をお願いいたします」

「まずは俺から」

最初に手を挙げたのはタンネの町に行ったスヴェンさん。一番最初に攻略に行ったからね。そこから報告する。

町の様子に関しては、黒髪を忌避する人としない人で半々だったらしい。しなかったのはよく冒険者が使うようなお店の人が中心で、他はダメだったんだって。

それを聞いて、王様と宰相様が顔を顰めている。領主が交代したばかりだから、そのうち普通の対応になるだろうとのこと。

それからダンジョンだけど、『ブラック・オウル』が中級を、『蒼《あお》き槍《やり》』が初級を担当したそうだ。

そして、『蒼《あお》き槍《やり》』と『ブラック・オウル』たちが現地に行くと、「俺たちの町だから」とBランク以下の冒険者たちが連れていってくれと懇願してきたんだって。

町の評判の悪さからSランクやAランク冒険者が滅多に来ないから、この機会にスヴェンさんたちと行動して自分たちの技量を上げたいと話したという。

真剣な彼らを見たスヴェンさんたちは、危険であることと、無理だと思ったら引き返すことを約束させ、連れていったそうだ。

まずは初級ダンジョン。ここは七階層のダンジョンで、魔物たちの数がちょっと多かったものの通常の範囲内だった。なので、地元冒険者に戦闘指導をしながら、一日一階層ずつ攻略していったという。

時間をかけて彼らのレベルと技術を上げつつ、スヴェンさんたちが一人ずつ引率して、全パーティーにラスボスを倒させたらしい。

それが自信に繋がったのか、魔物の湧きが多かった第五階層以降を中心にマップを作りながら攻略。

最後は彼らだけでダンジョンマスターとコアまで破壊したらしい。おお、凄い！

そして『ブラック・オウル』が担当した中級ダンジョンのほうだけど、こっちはスタンピード直前だったそうで、かなり大変だったという。

全十五階層だったけど、第五階層と第十階層に中ボスがいて、地元冒険者を指導しながら、一日一階層、または二日に一階層を攻略。第五階層のボスを攻略して、レベル的に厳しい冒険者パーティーが三つほど脱落したあとは、第六階層がモンスターハウスになっていたので初級ダンジョンの攻略が終わっていたスヴェンさんたちを呼び、残ったパーティーのレベル上げをしつつ、どんどん下に潜ったそうだ。

ちなみに脱落したパーティーは第五階層までを中心にレベル上げをし、みなさんのあとを追いかけてきたという。

スタンピード直前だったせいで、ラスボスはジェネラルオークとキングゴブリンが出現。スヴェンさんたちの人数が多かったこともあってお供の数も多かったけど、死者を出すことなく討伐に成功。

二日ほどボス戦を検証した結果、オークやジェネラルゴブリン、ビッグホーンラビットが出ることはあっても、ラスボスに出た魔物たちは出なかったという。

結局、スヴェンさんたちが地元冒険者のパーティーを引率してラスボスを討伐してもらい、最後はダンジョンマスターとコアを破壊したそうだ。

「そうですか……。タンネの町の冒険者たちの様子はどうでしたか？」

「引率してはいたが、モンスターハウス以外は俺たちは手を出していない。ほとんど指導していただけだったからか、自分たちで倒せたと自信に繋がったようです」

「素材はすべて冒険者ギルドに売りましたが、そちらも問題なかったですね」

「そのおかげもあってか、CランクからBランクに上がった冒険者もいれば、Aランクになった冒険者もいます」

「今回戦闘に加わった彼らが中心になって、下のランクを育てるでしょう」

「そうですか……」

タンネの町の状況を聞いて、ホッとしたように息をつく王様と宰相様。あとは領主様がきちんと仕事をすれば、差別もなくなっていくだろう。

ここで紅茶が配られ、一回休憩をする。次はヘルマンさんたちだ。

「俺たちはまず、リンを除いた『フライハイト』と一緒に、特別ダンジョンに潜りました。こっちはダンマスを倒したようだが、コアが破壊されていませんでしたから」

「『猛《たけ》き狼《おおかみ》』たちは七階までしか攻略していなかったので、それに付き合って一緒に下層に行きました」

第七階層でもう一度ボスを倒したあと、八階、九階と下りた。、コアが破壊されていなかったことで別のダンジョンマスターが現れたらしく、少しだけ魔物たちの湧きが多かったんだって。

それを倒しながら第十階層のボスを倒し、ダンジョンコアを探した。最初は見つからなかったけど、ボス部屋の奥にあった通路をくまなく探したところ、隠し部屋があったそうだ。

そこでダンジョンコアを破壊して、戻ってきたという。

「では、ダンジョンマスターはもう出ないということですね」

「「はい」」

「わかりました。次は……」

「俺たちだ」

引き続きヘルマンさんが上級西ダンジョンの状況を話す。

西のダンジョンも第四十五階層から下はモンスターハウスになっていたそうだ。

ただ、数が多いだけで魔物自体は第四十階層とあまり変わりがなかったことで、事なきを得たと話すヘルマンさん。地図を作りながら攻略したんだって。ボスであるダンジョンマスターをきっちり倒し、コアも破壊したそうだ。

「それでは、西も大丈夫ということですね」

「はい」

「そうですか。では、最後は北ですね」

「はい。北は『フライハイト』と『アーミーズ』で攻略しました」

「十階層までしか潜っていないメンバーがいましたので、そこからの攻略です」

エアハルトさんとヨシキさんが中心になり詳細を話す。第三十六階層以降から魔物が増え、第四十階層のボス以降はずっとモンスターハウスだったこと。

ダンジョンマスター戦二回を含め最後は五連戦だったことを伝えると、全員が絶句し、シーンと静まったあとの、阿鼻叫喚。

「そ、それでは北がスタンピードを起こす可能性があったということですね……」

「はい。しかも、魔人たちが囚われていました」

「なんですと⁉」

「魔人が囚われていただと⁉」

宰相様と王様が反応する。

この世界の魔人は神獣や幻獣と同じ扱いになっていて、やはり攻撃力などがとても高いそうだ。その魔人を捕まえていたんだから、ダンジョンマスターはとても危険で狡猾、もしくは悪知恵が働いていたのだろうと話すエアハルトさんとヨシキさん。

そして魔人たちに頼まれたこともあり、ダンジョンマスターとコアを破壊したと言うと、ホッとしたように息を吐き出した王様と宰相様。

「そうですか……！」

「よくやった！」

全員に褒美を取らせると宣言した王様に、みなさん黙って頭を下げた。もちろん私もね。

冒険者ランクや褒美についてなどは、後日また冒険者ギルドを通じて話をするそうなので、ここで終わり。王様と宰相様が退室したあと、私たちも王宮を辞した。


この一週間後。

『猛《たけ》き狼《おおかみ》』と『蒼《あお》き槍《やり》』が異例のＳＳＳランクに、他の冒険者は全員ＳＳランクに上がった。

再び王宮に呼ばれて大臣と王様からその功績とランクを言い渡され、それぞれその証であるネックレスを授与される。

ネックレスはこの国の紋章でもある剣を咥えた獅子の顔で、裏にはそれぞれのランクが刻印されている。もちろんギルドタグもそのように更新された。


王様への報告も終わったし、ランクもSSになった。ほとんどダンジョンに潜っていない私がSSランクになってしまったけどいいのかなあ……と、とても悩む。

だけど、ダンジョンマスターの討伐とコアを破壊した功績だからと言われてしまうと、私も頷くことしかできなかった。

できれば売り上げでSランクに上がりたかった！

今さらなことを言っても仕方がないので、気持ちを切り替えて開店です。

一ヶ月間お休みだったからしばらく忙しかったけど、あっという間に通常に戻る。

まあ、まだまだ冬の真っ最中だし、ダンジョンに潜っている人があまりいないというのもある。

今日も今日とて、まだ一組しか冒険者が来ていなくて、暇を持て余していた。母に至ってはリョウくん用なのか、服を縫っている。

器用だなあ。

明日は店が休みなので、みんなとまったり過ごすつもりでいる。とにかく疲れたからね、ダンジョン攻略は。スタンピードが起きなくてよかったよ〜。

他の国や大陸はどうなったんだろう？　まだ時間があるとはいえ、アントス様が言っていた期限が近づいてきているから、ちょっと気になっている。そのうち教会に行って聞いてこよう。

……と思ったものの結局気になって、夕方教会に行ってしまった。だけど、アントス様は忙しいのかいつものところに呼ばれることはなく、すごすごと帰ってきた。残念。

ついでに砂の発注や買い物をして帰ってくると、『フライハイト』のみんなと両親がいた。

ん？　なにかあったっけ？

「すみません、砂の発注に行っていました」

「よかったわ、行き違いにならなくて」

母が微笑む。

「なにかありましたか？」

「わたしたちとエアハルトたちとで餃子パーティーをしようと思って、誘いに来たの」

「おお、餃子！　みなさんで包むんですよね」

「ええ」

なにかと思ったら餃子パーティーのお誘いでした！

食べたかったんだけど、皮を作ったり包むのが面倒で、作ってなかったんだよね。

なのでさっそく頷き、みんなで『アーミーズ』の拠点に向かう。

皮は元自衛官の四人がたくさん作ってくれていて、種も大きなボウルに三つある。エアハルトさんとアレクさん、ナディさんは初めてやるからと、見たり聞いたりしながら作っている。

最初は餃子のひだがうまくいかなくて不恰好だったけど、それも手作りのよさだし、いくつも作っているうちに綺麗にできていくのが凄い。私はそれほど上手じゃないんだなあ、これが。

どうせお腹の中に入ってしまえば形なんて関係ないし……と諦めた。どんなにたくさん作っても、綺麗にひだが作れないのだ。

こんなところにも不器用を発揮しなくても……トホホ。

「だいぶできたな。じゃあ焼くぞー」

「こっちも焼き始めるから、どんどん包んでいってくれ」

ヨシキさんとサトシさんが中心になって焼くみたい。深さのある大きな鉄板に餃子を並べると、水を入れて蓋をする。

「ギョウザって、これをそのまま食べるんじゃないんだな」

「皮も中も生なので、焼くか蒸すか、揚げるか茹でて食べるんです」

「「「へえ～！」」」

餃子を包みながら、興味津々で焼いている様子を見ているエアハルトさんとアレクさん、ナディさん。みなさんの従魔たちや眷属たちも、じっと音を聞いたり包むのを見たりしている。

みんな包めないからね。包むのを手伝っているのはラズだけだ。本当に器用だよね、ラズは。触手を使って綺麗に包んでいる。

しかもラズが包んだのは私よりも綺麗なんだよ……若干凹む。

もしかしたらスミレもできるかもしれない。今度家にいるときにやってもらおう。

そんなこんなで餃子をすべて包み終えた横で、マドカさんと母がシュウマイを包んでいた。そっちはセイジさんとキヨシさんが蒸している。

他にも水餃子を作ったみたいで、とろみのある醤油仕立てのスープにしていた。寒いからスープは助かるし、とろみがあると冷めにくいし。

スープの中身はロングネーギとわかめ、溶き卵とシンプルなもの。とっても美味しそう！

他にも翡翠餃子やエビ入り水餃子、桃まんや肉まん、チャーハンまで作っているのには笑ってしまった。すべて作り終えると、冷めないうちに食べる。

「んーーー！　カリッともっちりじゅわ～ですわね！　美味しいですわ！」

「だろう？　餃子にはビールが合うんだ」

「「「ビール!?」」」

「ドラールの知り合いに送ってもらった。よかったら飲んでくれ」

「「「ありがとう！」」」

エアハルトさんとアレクさん、ナディさんが嬉しそうな顔をしてお礼を言っている。私もすすめられたけど、飲めないからと断った。

その分、果実水やジュースを飲む。

従魔たちや眷属たちも気に入ったようで、いろいろ食べていた。作ってって言われたらどうしよう……。そのときは母を頼ろう。一人でたくさん作るのは無理！

ビールを飲んで、餃子やスープなどを楽しんで。飲茶《ヤムチャ》パーティーみたいだなあと思った。

食事が終われば解散。たくさん食べて飲んで話したから、みなさんとっても楽しそうにしていた。

もちろん私も楽しかった！


そして翌日。休みの今日は、家でまったり。森に行ってもいいかなと思っていたんだけど、朝から雪が降っていて断念したのだ。

ご飯は餃子などが余ったからとお土産としてたくさん持たせてくれたし、食材もたんまりある。シチューが食べたいとリクエストをもらったので、朝からたっぷり作った。

お昼や夜もそれで済まそうと考え、現在は寝室で通常サイズのロックを枕に、まったり中だ。

〈リンママ、あったかい？〉

「あったかいよ～」

〈ソラもあったかいにゃ？〉

「あったかいよ～」

お腹のところに猫サイズのソラが寝転んでいて、喉をゴロゴロ鳴らしながらまったりしている。

もちろん暖炉に火が入っているし、みんなが交互に枕になったり私の周りに来たりと、とってもあったかい状態なのだ。

みんなで時間を決めているみたいで、一定の時間が過ぎると枕が代わったり、お腹にいるのを代わったりしていた。う～ん、もふもふパラダイス！

一ヶ月ずっとダンジョンに潜っていたからね～、みんなも疲れたんだろう。特に、一日挟んだとはいえ最後のボス五連戦はかなり激しい戦いだったたし、眷属たちだけじゃなく従魔たちも多少怪我をしていたんだから、どれだけ過酷だったのかが窺える。

ダンジョンの中では一緒に眠っていたとはいえ、甘えるなんてこともしなかった。だからこそ、今日はずっとべったりとくっついて離れないんだよね。

うんうん、私ももふもふまみれになって嬉しいし、みんなも甘えてくれる。いいことずくめだよね！

〈〈リン～〉〉

《リーン》

「おっと！」

シマによりかかって毛並みを堪能していたら、ラズとスミレがドーンと突進してきた。

眷属たちも小鳥になって羽ばたいてくる。

そんないっぺんに来られてもと思ったけど、みんなまとめて受け止めると、それぞれが嬉しい！

とばかりに擦り寄ってくる。

あああ、可愛い！　もふもふつるすべ！　ふわふわ！

語彙力崩壊でもふり倒しているうちにお昼になったので、ご飯を食べて一回庭の様子を見てから、再びまったりと過ごす。途中でうたた寝をしてしまったんだけど、枕になっていたロキ以外はみんな小さくなり、丸まって寝ていてその姿にほっこり。

癒された～！　思わずスマホで写真を撮ってしまったよ～。

夜もシチューを食べ、私が洗い物をしている間もべったりとくっついて離れなかったみんな。ラズが手伝ってくれたから早く終わった。

お風呂に入ったあとはジュースを飲んで、またまったりゆっくり過ごし、ベッドに寝転がればみんなも小さくなって上がってくる。

寝室内があったかいからなのか、へそ天で寝てる子もいるし……

家にいるからこそできる寝方だよねと、ついクスリと笑う。

明日も店があるし、頑張ろう！　と気合いを入れて、私も眠りについた。


先週から降り続いていた雪がようやく止み、久しぶりの青空が広がっている。

「服よーし、鞄よーし、ブーツよーし、髪飾りやピアスよーし」

ガウティーノ侯爵家一同からとして、誕生日プレゼントにいただいた全身が見られる姿見を見つつ、服装などのチェック。

今日はこれからエアハルトさんとデートに行くのだ！

護衛はラズと小鳥になったロシュ。他は寒いから家でまったりしているそうで、このメンバーになった。

もしものときのために、アレな性能の服ではないものの、下着を身につけている。まあ、前のような輩はほぼ駆逐されたと聞いたので、たぶん大丈夫……だと思いたい。

待ち合わせは拠点。そこから辻馬車にのって南地区へと行くんだって。どこに行くのかな～。

ラズとロシュを両肩に、エアハルトさんと手を繋ぐ。指同士を絡める恋人繋ぎというやつ。

まさか異世界でもそう呼ぶとは思わなかった。召喚された渡り人が伝えたのかな。

ちょっと照れつつ、辻馬車で南地区の乗り場まで移動する。そこから歩いて十五分、連れてきてくれた場所は、国立庭園だった。

「ここは冬でもやっている庭園でな。温室が有名なんだ」

「そうなんですね。どんな花があるんですか？」

「基本的に国内にあるものと隣国のもの、南大陸から来た花がある」

「へ～！」

入口で入場料を払い、中に入る。エアハルトさんが私だけじゃなく、ラズとロシュの分も払ってくれた。というか、出そうとしたら払わせてくれなかった。

イケメンめ！

温室に行くまでにも樹木があるけど、季節柄なのか坊主になっている。エアハルトさんいわく、春になると綺麗な花が咲くんだって。

どんな花なのかな。それも楽しみ！

「春になったらまた来たいです」

「そうだな。また来よう」

「はい！」

春になるのは先の話だけど、そのころにまた来ようと言ってくれたことが嬉しい。

バラのアーチを抜けて見えた先には、ガラス張りの建物。とても大きく、太陽の光を反射してキラキラしている。

入口に警備の人がいて、そこから入る。中はとても暑いのでコートを脱ぎ、カーディガンも脱いで薄着になった。入口のところにカウンターがあって、そこでコートを預かってくれるというので、エアハルトさんと一緒に預けた。番号札はエアハルトさんが持ってくれている。

カーディガンは寒かったときのために、手に持った。

カウンターから少し歩くと、その先にまた扉がある。二重扉になっているのには驚いた。

「暖かい空気を逃がさないための措置でございます」

「そうなんですね。凄いです！」

「ありがとうございます」

扉のことを係の人に質問したら、そんな答えが返ってくる。そして私の身長が小さいからなのか、微笑ましいという顔をされてしまった。

ぐぬぬ……私は成人してるんだってば！

なんて叫ぶわけにもいかず、もやもやしたまま中へと入ると、色とりどりの花が咲いていた。

「お～、凄い！　たくさんお花がありますね！」

「だろう？　区画ごとに種類が違うから、順番に見て回ろうか」

「はい！」

順路に従って移動する。ところどころにベンチもあって、気に入った場所で休めるようになっているみたい。

私たち以外にもカップルや家族連れがいて、その場にある花を楽しんでいる。それを視界に入れつつ、私たちも移動。

春先に草原で見た花が咲いていたり、見たことがない花もあって面白い。日本で見た草花もあって、なんだか懐かしい。

紫苑、ネジバナ、たんぽぽ、クローバー。椿もある。

他にもスイセンやチューリップ、ネモフィラ。形が同じだけど名前が違っていたり同じ名前だったり、色違いだったりと、とにかく見ていて楽しいのだ。

意外だったのは、エアハルトさんが植物に詳しいことだった。

「詳しいですね」

「まあ、ちょっと勉強してきたからな」

そう言ってはにかむエアハルトさん。おお、そんな顔も素敵！

じゃなくて。花が区画でそれぞれ区切られているから、きちんとその季節にあった温度管理をしているんだろう。誰が考えたんだろう？　凄いよね、本当に。

次のエリアに行く途中に、バラ園があった。ここは春先に咲くバラが植えてあるそうで、その先はちょっとした迷路になっている。

赤や黄色、白やピンクのバラを堪能しつつ、そして楽しく迷いながら迷路を抜けるとまた扉があって、今度は夏のような温度に。

「ここには南大陸からのものが並んでいるそうだ」

「へえ～。極彩色《ごくさいしょく》というか綺麗ですね」

「ああ。この国とはまた違った花ばかりだし、綺麗だよな」

「そうですね」

ハイビスカスに似た黄色や赤い花があちこちに咲いていて、他にもひまわりに似たものがある。

そういえば、お城に行ったときにもひまわりに似た花があったなあって思い出した。

途中に池があってそこにスイレンがあったり、小さなカエルや魚がいたり。見てて楽しい！

こういうときカメラがあればなあ……って思うけど、音声を録音する魔道具はあっても、カメラみたいな魔道具はないと、ヨシキさんたちも言っていた。

さすがに学校で習うような簡単なものは知っていても、デジカメのようなものの構造は知らないらしく、作れないって言っていたし。

うーん、残念。

簡単なもので作ってみるかと独り言を言っていたので、期待しないで待っていよう。

山のような場所に咲いていたのは、全体的に透けていて真っ白い花。日本だと銀竜草《ギンリョウソウ》やユウレイタケとも呼ばれていたものだった。

実物を見たのは初めてだけど、写真で見たのと同じ花で、すっごく驚く。

「お、シルバーグラスか。綺麗だな」

「シルバーグラスっていうんですね」

「リンの故郷は違うのか？」

「故郷だと銀竜草《ギンリョウソウ》やユウレイタケって呼ばれてました」

「へえ。ユウレイってなんだ？」

「ん～、レイスのように透けている、死んだ人のこと、ですかね」

死んだ人が霊となって、その霊のことを幽霊というんだと話した。こんな説明で合ってるかどうかわからないけど、私だとそういう説明しかできなかったのだ。

ただ、レイスにたとえたからなのか、エアハルトさんは「なるほど」となんとか納得してくれる。世界が違うと言葉の認識も違うから、説明に困ることがある。だけど似たような存在がいればそれでたとえることができるから、よほどのことがない限り、説明できるのだ。

他にもシュロやシダ、ヤシやココナッツに似たものなど、私が写真で見たことがあるようなものからまったく知らないものまで、たくさんの植物が植えられていた。

これだけ揃っていることに驚いたし、大陸によって植生が違うのは面白いなあと思った。

エアハルトさんによると、アイデクセがある中央大陸でも、国によっても違うし、アイデクセ国内でも北と南では違うそうだ。

「そうなんですね！　いろいろ見てみたいです」

「植物図鑑を持っていたよな、リンは。今度それを見ながら教えてやるよ」

「わ〜！　ありがとうございます！」

植物図鑑には、薬草だけじゃなくていろんな植物がのっている。私は薬草しか調べなかったから、どんな植物が描かれているのか知らないのだ。

それじゃあダメだよね。今度、教えてもらう前に、一回図鑑をしっかり眺めてみよう。

別のエリアに行くと、コスモスや菊、リンドウがあった。日本の植物園に来たんじゃないかと錯覚してしまう。ここでも名前が一緒だったり違ったり。だけど、形はそっくりで、面白いなあ。

もちろん、この世界独自の花もある。黄色や赤い花で、紫陽花《アジサイ》に似た形の花だ。イドラゲアっていうんだって。

花のエリアが終わると、薬草が植えられているエリアになった。

ここはラズがとても喜んでいて、どんどん名前を言い当て、ロシュに教えている。本当に薬草が好きなんだね。

家でも率先して庭の薬草を見て回ってくれているからね、ラズは。土を掘るのにシャベルを使っているけど、小さな熊手《くまで》もあったほうがいいのかな。潮干狩りでやるような、小さな形のやつ。今度ライゾウさんにお願いして、作ってもらおう。

順路の通り一通り見て回ったので、二階にある休憩所へ行く。ここはフードコートのようになっていて、下にあるお花畑を見ながら、軽食や飲み物を楽しめるんだそうだ。

せっかく来たからと休憩することに。食事は別のところに行く予定なので、飲み物だけを頼む。

「上から見るのも、綺麗ですね」

「ああ。俺も初めて来たが、リンと一緒に見られてよかった」

「私もエアハルトさんと見られてよかったです」

なんとなく見つめあって、唇が軽く触れるだけのキスをするエアハルトさん。

公衆の面前なんだけど！

と思ってあわあわしていたら、周りもやっていて驚いた。

え？　なんで？　もしかして有名なデートスポットだったのかな。

さすがにそんなことは聞けないし、顔が熱いから真っ赤になっているんだろうなあ……と思いつつも、エアハルトさんのキスを受け入れた。何度もキスしてくれるけど、それ以上のことはしないエアハルトさん。

きっと、この世界観では、それ以上のことは結婚してからって思っているんだろう。私もまだ心の準備ができていないというか、知識や漫画とかでどういうことをするのか知ってはいても、いざ今すぐ、と言われても無理だと思う。

エアハルトさんのことをとても好きだけど、私の理解というか、初めてのことばかりで、心や頭が追いついていないんだろう。

だけど、そういう雰囲気になったら、受け入れると思う。

ずっと一緒にいたいと思うほど、エアハルトさんが好きだから。

キスを終えたエアハルトさんが、掌で私の頬を包み、親指で唇をぬぐう。くすぐったいというか、背中がゾクゾクする。

なんだろう……どうしてだろう……ゾクゾクしているけど、心地よくもある、不思議な感覚。

「ふ……。リン、真っ赤だな。リンゴみたいだ」

「うう……慣れていないんですって……。恥ずかしいです」

「はは。そのうち慣れるさ。ああ、あと。婚姻、しようか」

「え……」

婚姻――結婚しようと言われて、驚く。だけど心臓がドキドキしてきて……嬉しくて、じっとエアハルトさんを見つめてしまう。

「その……嫌、か？」

「嫌じゃないです！　嬉しいです！　だけど、いきなりだったから驚いてしまって……」

「すまん。もっといい雰囲気の場所で、と思ったんだがな……。俺は恋愛面はかなり不器用みたいで、つい思ったことが口から出てしまった」

耳や目元が真っ赤になっているエアハルトさんは、とても珍しい。そして、はにかんだ笑みも。

「今すぐってわけじゃない。半年か一年後くらいを考えている」

「そうですね。家はどうしたらいいですか？」

「そのままでいいさ。拠点を家にして、裏庭の垣根を取っ払ってしまえばいいんじゃないか？　そうすれば、従魔たちはいつでも交流できるし、ココッコたちも喜ぶと思う」

「そうですね！」

「まあ、まだ先の話だし、従魔たちやアレクたちを交えて、どうするかゆっくり考えていこう」

「はい」

この国にも結婚指輪のようなものがあるそうだ。嵌める指は右の薬指。

ただ、指輪は剣を扱うときに邪魔になることもある。

なので、剣を扱う人は、そのほとんどがお揃いの腕輪を作ってもらい、手首に嵌めることが多いという。あとはピアスを同じものにしたり、宝石の色を相手の目の色にしたり。

そういえば以前、団長さんとエルゼさんが喧嘩したとき、仲直りの証に指輪を作るとか言ってた気がするな。

ちなみに、団長さんたちの婚姻式は四月にあって、招待状をもらっている。お祝いになにを渡そうか悩んでいるんだよね。

バラの香りがする石鹸はこの世界にもあるし、肌にいい薬草を使った石鹸を渡そうかなあ。以前話を聞いたとき、エルゼさんは肌が弱いと言っていたし。

ただ、作り方を知らないから、『アーミーズ』の誰かに聞いて作ってみよう。もしくは依頼を出すか。そこは相談かな？

あとは、肌にいい保湿クリームみたいなものがいいかなあ……といろいろ悩んでいる。両親に相談したら、きっとどんな成分のものがいいのか知っていると思うし。

まあ、それはまた今度にして。

「そろそろ昼の時間だし、出よう」

「はい」

席を立つ前に、またキスをするエアハルトさん。ヨシキさんたち曰く「ヘタレ」だそうなんだけど、どこがヘタレなのか、小一時間ほど問い詰めたい。

恋人繋ぎで出入口まで移動し、コートを受け取って外に出る。中が暑かったから、出た瞬間は気持ちいいくらいだった。だけどやっぱり真冬だから、すぐに寒くなってしまう。

ラズもロシュも寒そうにしていたので、コートについているフードに入ってもらうと、あったかいと喜んでくれた。ラズが寒いって言うなんて珍しい。

まあ、それほど気温の差が激しかったんだろう。だってすぐにまた私の肩にのってきたからね、ラズは。

〈リンにくっついているほうがあったかい〉

《ロシュも！》

「ふふ！　ありがとう」

もう、本当に可愛いことを言ってくれるよね！　だからつい二匹を撫でてしまう。

帰ったら、他の従魔たちや眷属たちも撫でよう。そうじゃないと拗ねるから。

元ココッコだった眷属やソラとユキ、ロックはともかく、他のみんなは私よりも長生きしているのになあ。そうは思うものの、きっと従魔と主人の関係は特別なんだろう。

だって、撫でてあげると嬉しそうにするんだもん、みんな。本当にいい子たちばかりなのだ。

だから疲れていても頑張れるし、癒される。

「これからどこに行くんですか？」

「アリーセの店に行こうと思うんだが、どうだ？」

「お～、いいですね！」

〈ラズはシチューが食べたい！〉

《ロシュも！》

「ははっ！　アリーセの店のシチューは美味いからな。じゃあ行くか」

　今回は中央地区ではなく、西地区にあるアリーセさんの店に行くというエアハルトさん。そういえば、西地区のお店には行ったことがない。

　辻馬車にのって西地区まで戻り、そこから歩いて十分。商人ギルドがある通りにあるんだそうだ。

　ぜんぜん気づかなかった！

　どうやら私たちが住んでいる通りから行くと、商人ギルドよりも先のほうにあるんだそうだ。それだったら気づかないよ～。

　アリーセさんは西地区へは滅多に来ないそうで、別の人が店長さんをやっているんだって。どんな人かな？

　なんて思っていたら、なぜかアリーセさんがいた。

「あら～！　エアハルト様とリンちゃんじゃな～い！　久しぶりねぇ」

「こんにちは、アリーセさん」

「こんにちは。二人と従魔が二匹なんだが、空いているか？」

「空いているわ～。こちらにどうぞ～」

　案内されたのは正面の席で、その近くには従魔を連れた冒険者がたくさんいた。知っている人もいれば知らない人もいる。

知っている人に挨拶をしつつ席に着くと、狼耳の女性がメニューと果実水を持ってきてくれた。

とってもワイルドな美人さんです！　眼福～！

「リンちゃん、エアハルト様。この子がこの店の店長なの～。ミラベル、エアハルト様と薬師のリンちゃんよ～」

「はじめまして。まあ、貴女がリンちゃんだったのですね！　今日はロキ様やロック様はいらっしゃらないのですか？」

「ざ、残念ながら、今日はお留守番なんです」

「そうですか……。今度は是非、他の従魔もお連れになってくださいませ」

「はい」

おおう、ロキとロックを様扱いだよ！　というか、なんで名前を知っているんだろう？

聞いてみたら、冒険者たちが噂をしているのを聞いたんだって。私の従魔が、とても凄い狼系の従魔だと。だから直接会ってみたかったらしい。

私と一緒に歩いているのを見かけたこともあるそうで、「神獣なんですよね」とこっそり聞いてきたくらいだから、ハインツさんのように崇めている種族なんだろう。

「注文がお決まりでしたら、お伺いいたします」

「俺はシチューのセットを頼む」

「私も従魔の分も含めてシチューを三人分、セットは二人分でお願いします。鳥型の子が食べられるよう、シチューのひとつは具材を小さくしていただけると助かります。あと、取り皿とナイフもお願いします」

「かしこまりました」

笑顔で注文を受けてくれた狼耳の女性――ミラベルさん。カウンターに声をかけ、他の冒険者からも声がかかって、とても忙しそうにしている。

「そういえば、アリーセさん。あれから足腰の状態はどうですか？」

「とても快適よ～。あのときはありがとうねぇ。本当に助かったわ～」

「そうなんですね！　よかったです！」

怪我が治ったからなのか、以前見たときよりもキビキビと動いているアリーセさん。特になにも問題がないのならよかった！

神酒《ソーマ》を飲んだんだから問題なんてないことはわかっていても、提供した以上気になるのは当然だよね。それが薬師としての、私の矜持だから。

そんなことを考えつつエアハルトさんとラズやロシュと話していると、シチューが運ばれてくる。セット内容はチーズやナッツが入っているパンとサラダ、ドリンクに紅茶がついている。

さすがにこのセットだと私は食べきれないので、ロシュと半分こだ。

「じゃあ、食べようか」

「はい。ロシュ、半分こして食べようね」

《うん！》

本来の大きさじゃないからね、ロシュは。だけど、その小さな体のどこに入ってるの？　っていうくらい、しっかり食べている。

ラズもしっかり食べていて、美味しいのかご機嫌な様子で体を揺らしている。それをほっこりした気持ちで見てから、私も一口食べる。

野菜の味とロック鳥の味がしっかり出ているし、お肉を噛むととても柔らかくて、ほろほろと崩れていく。野菜も柔らかいのに崩れたりしていなくて、形がしっかり残っているのが凄い。

さすが料理人が作っているだけあって、私が作るのよりも美味しい！

もくもくとしっかり料理を堪能する。美味しいと無言になるよね。

全部食べきったけど、ロシュと半分こにして正解だった。シチューの量が結構あったからだ。残すだなんて失礼なことはしたくなかったし、ロシュが食べきれなかったものはラズがしっかり食べていたから、助かった。

ご飯を食べたあとは、すぐにお店を出る。外に並んでいる人がいたから。

「またいらしてくださいね」

「はい！　ごちそうさまでした！」

ミラベルさんに声をかけられ、また来ることを約束する。今度はちゃんと全員連れてこよう。

そこからまたエアハルトさんと手を繋いで歩く。途中で貴金属を扱っている商会の前を通ったので、一緒に立ち止まって、飾られている腕輪や指輪を眺める。

「どういったものがいいんですか？」

「人によって様々だな。宝石を一粒とか、全体的にちりばめるとか」

「そうなんですね。だけど、あまり派手なのはちょっと……」

「俺もだ。だから、宝石はひとつかふたつでいいな」

指輪よりも腕輪がいいと話し、それは中央にあるマルケス商会で頼むことに。いいデザインのものを一緒に考えてくれるからと、エアハルトさんが教えてくれる。

西地区にあるマルケス商会でもいいけど、きっと本店へどうぞと言われるから、だって。

うん、あの店長さんなら言いそうだなあ。

途中でたこ焼き屋さんに寄ってまた大量に注文し、みんなのお土産にする。期待したような、お好み焼きみたいなものはなかった。残念。

ゆっくり散歩しつつ、西地区を歩く。途中で食材を買い、拠点に戻ってきた。

「今日は楽しかったです！　そして嬉しかったです」

「そうか……。そう言ってもらえてよかった。俺も同じ気持ちだから。……また出かけような、リン」

「はい」

家の玄関先まで送ってくれたエアハルトさんは、おやすみと、ディープキスをしてから帰っていった。ふ、不意打ちーー！

「もう……」

いきなりキスのグレードがアップしたよ！　腰が抜けそうになったじゃない……！

顔が熱いなあ……と手で顔をあおぎ、バクバクしている心臓も一緒に落ち着かせる。そして庭にある薬草の状態を確かめてから、家の中に入った。

明日、お昼休憩か閉店してから、ライゾウさんに熊手《くまで》が作れるか聞いてみようと思う。やっぱりラズに熊手《くまで》を用意してあげたいし。

喜んでくれるといいなあ……と思いつつ二階へと上がり、みんなにたこ焼きを振舞ったり、もふったりした。

エピローグ

今日も今日とて店を営業した夕方。スミレとソラを連れて、ライゾウさんのところに行く。

もちろん、ラズに渡す熊手《くまで》を作ってもらうためだ。

ラズには内緒にしておきたいから、連れて来ていない。

「こんにちは〜」

「今日はどうした？」

「ラズ用に熊手《くまで》を作ってほしくて、来ました」

私は小さいシャベルがあるからいいけど、庭の土を混ぜるとき、専ら触手でやっているんだよね、ラズは。だから、熊手《くまで》で掘り起こすのもいいんじゃないかなあ……って思ったのだ。

そういった説明をすると、ライゾウさんは「いいんじゃないか？」と言ってくれたので、胸を撫で下ろす。

「ラズのサイズだと、潮干狩りに使うくらいの大きさでいいな」

「そうですね。それをふたつ、お願いします」

「ああ。ちょっと立て込んでるから、三日待ってくれ」

「急ぎではないので、いつでもいいですよ」

出来上がったら連絡してほしいとお願いし、ライゾウさんのお店をあとにした。ついでに明日の朝ご飯用の買い物や、商人ギルドで砂と薬草の発注をして帰ってくる。

今日は煮込みハンバーグを作るのだ。あと、おやつ用にクッキーかな。他にも肉球やスライム、蜘蛛《くも》の絵柄が出る型を使ってプリンを作ろう。

ハンバーグの種を作って休ませている間にプリンを作る。こういうときにスライムゼリーが大活躍するんだよね。今回は硬めのプリンです。先に【生活魔法】で少し冷やしてから冷蔵庫に入れておく。

ついでにハンバーグの種を取り出して形を整え、両面を焼いてから煮込む。味はトマトベース。そこにソースを少しだけ入れて、小さなじゃがいもやペコロス、にんじんも一緒に入れて煮込んだ。

煮ている間に、クッキーの生地を仕込んでおく。型抜きや焼くのはご飯が終わってから。

「ご飯だよ～」

『はーい！』

全員分を器に盛って、みんなの前に並べる。他にもサラダを作り、飲み物はみんなが飲みたいものを用意する。デザートはさっき作ったプリンだ。

ジュースはアップルマンゴーだったり、オレンジや桃、ユーレモの果実水もあるよ！

いただきますと言い、それを合図にみんなでご飯。料理人が作ったものに比べたら足元にも及ばないけど、家庭料理としてなら充分美味しいと自画自賛してみる。

みんなも美味しいと言ってくれるから、私も嬉しい！

ご飯が終われば、それぞれ好きなことを始めるみんな。私はそれを見ながら、クッキーを作る。

いろんな形の型抜きをライゾウさんが作ってくれたから、それを使っていると、ラズとスミレが手伝ってくれた。スミレには難しいかと思っていたらそんなことはなく、上にのってぴょんぴょん跳ねて押し込んでいたのには笑ってしまった。

ラズは触手を使って器用に、そして綺麗に抜いている。

二匹が抜いてくれたものを天板に並べて、オーブンへ。たくさん焼いても結局余る、なんてことはないからね～。とにかくたくさんというか、山盛り作っておかないと、一週間ももたないんだよ。

こういうとき、大型のオーブンだと助かる。しかも魔道具だしね。

そうこうするうちに、他の従魔たちや眷属たちもやりたいと言いだした。スミレ以上に難しいんじゃ……と思っていたら、口や嘴、足を使って器用に押し込んでいた。

おお、凄い！

抜いてくれたものは私が取り出して、天板に並べていく。抜く場所がなくなったらまた平らにのばし、型抜きをしてもらう。

たまにはこういうのもいいよね！

ロキたちがラズに肉球を綺麗してもらっているから、なにをするのかと思えば、肉球スタンプをペタリ。

おお、これは可愛い！

それぞれ自分でスタンプしたものに名前を入れてほしいと言ってきたので、小さく名前を書いてそれも天板にのせる。すべての型抜きが終わったら、オーブンに入れて焼く。

「みんな、ありがとう！　助かったよ！　楽しかった？」

『楽しかった！』

「それはよかった！」

楽しかったならよかったし、またやりたいとまで言うみんな。もう遅い時間だから、明日か休みのときにやろうと話し、今日のところは我慢してもらう。

焼いている間に道具を片づけて、焼きあがるのをそわそわしながら待つみんなにほっこりした。

そして時間が来たのでオーブンから出し、そのまま冷ましておく。

「綺麗に焼けてる～」

『リン、見てみたい！』

「いいよ。でも、まだ天板が熱いから、絶対に触らないようにね」

小さくなったみんなを一匹ずつ抱き上げ、焼き上がったばかりのクッキーを見てもらう。気になっていたのは自分でスタンプしたもののようで、それを熱心に、キラキラした目で見ていた。

くぅ～！　可愛い！

クッキーが冷めるまで待ち、冷めたものから取り出す。普通に型抜きしたものは布を敷いた籠に入れ、みんながスタンプしたものは、名前の通りみんなの前に置く。名前が潰れたりしていなくてよかった！


「はい、どうぞ」

『ありがとう！』


明日のおやつにすると言って、ダンジョンから出た【無限収納《インベントリ》】になっている鞄にしまうみんな。もちろん、型抜きしたクッキーも、みんなのおやつにとそれぞれ同じ枚数ずつ渡した。残りは別の日のおやつにするつもり。

すると、分けたものも【無限収納《インベントリ》】にしまっていたので不思議に思い、質問する。


「マジックボックスにはしまわないの？」

〈マジックボックスはダンジョンや森に行ったとき用にするにゃ〉

〈鞄のほうは、リンからもらったものをしまっておくことにしたのだ〉

〈ソウスレバ、劣化シナイカラ〉

〈それだけ大事なものなんだ、リンからもらったものって〉

「そうなんだ……。なんだか嬉しいな♪」


本当に可愛いというか、嬉しいことを言ってくれるみんな。眷属の子たちにもなにかあげたほうがいいのかな……

聞いてみたら、リボンか足輪が欲しいという。ロキたちがしているのが羨ましいんだって。

「そっか。じゃあ、伸縮自在の【付与《エンチャント》】をかけてもらったリボンを、ライゾウさんに作ってもらおうか」

『やったー！』

すっごく喜んでくれる眷族たち。もともとは私を主《あるじ》として見てくれていた子たちだから、私はロキたちとはまた違った意味で特別なんだって。嬉しいことを言ってくれるなあ。

だから、従魔たちも含めて全員もふって撫で回した。

そしてリボンだけど、色は黄色にしようと思う。それはまた明日、ライゾウさんかゴルドさんに頼もう。


翌日。ライゾウさんには昨日頼んだばかりだからと、ゴルドさんに黄色で眷属たち用のリボンと、従魔たちと同じように名前を掘ったタグをほしいと頼む。

「ああ、いいぞ。ここに名前を書いてくれ。もちろん伸縮自在をつけるんだよな？」

「はい。従魔たちと同じものにしてほしいです」

「構わねえよ」

渡された紙に眷属たちの名前を書き、リボンと一緒に渡す。急ぎではないからと話すと、ゴルドさんはにっこりと頷いてくれた。

そのうちまたバーベキューをしようと約束をし、家に帰ってくると朝ご飯と開店の準備をする。

開店してすぐに雪が降り始めたからなのか、お客さんの数は多くない。

それでもダンジョンに行く人がいるから、ぼちぼち売れていた。

そしてお昼の閉店間際にゴルドさんが来て、リボンを置いていった。ずいぶん早いね！

一旦閉店をして、昼ご飯を食べる。そのあとで眷属たちを呼び、並んでもらった。

「じゃあ、名前を言うから、私のところに来てね」

『はーい！』

ココッコの姿になって私の前に来た眷属たち。タグに書かれている名前を呼んで側に来てもらい、リボンを結んでいく。結び終わったら、小さくなっても大きくなっても大丈夫かどうか、確かめてもらう。

もちろん、大きくなるのは外でやってもらったよ。

「どう？　きついとか、緩いとかある？」

『大丈夫！』

「よかった！　似合ってるよ、みんな。素敵！　可愛い！」

全員首のところに巻いたリボンを、誇らしげに胸を張って見せてくれる。うんうん、可愛くてカッコいいよ！　もちろん従魔たちもカッコいい！

全員が並んで胸を張り、名前入りのタグを見せる様子は壮観です！　結局その姿に負けて、全員もふり倒したのは言うまでもない。

お昼休憩も終わり、また開店。雪は降ったり止んだりと、その姿を変えていく。

午後も特に問題なく過ごし、閉店した。


それから三日後、ライゾウさんから連絡があり、ラズを連れてお店に行く。

「ラズ、いつも庭のお手入れをありがとう」

〈リン、これはなあに？〉

「熊手《くまで》っていうの。土を掘り返したりするのに、ラズは触手でやっているでしょ？　あとシャベルも。シャベルだとやりづらそうにしていたから」

〈リン……。本当にラズがもらってもいいの？〉

「もちろん！　そのために作ってもらったの」

持ち手は木材で、手になっている部分は金属。尖った部分は五つあって、それが綺麗に並んでいる。潮干狩りに使うような形のものだ。

「持ってみてどうだ？　持ちづらいとかはないか？」

〈うん、大丈夫。どうやって使うの？〉

「こうするの」

ふたつあるのでひとつを借り、奥から手前に引くような動きをすると、ラズもそれを真似して動

かす。シャベルとは違う動きだからなのか、ラズは楽しそうに震えたあと、ぴょんぴょんと跳ねた。

くぅ～！　可愛い！

〈ありがとう！　凄いね、これ！　早く庭の土を掘り返したい！〉

「ふふ！　雪をどかしてからやってみようか」

〈うん！〉

「ああ、あとな、それは武器にもなるんだ」

「は？」

武器ってなにさ。なんてあんぐりと口を開けていたら、ライゾウさんはラズにこっそりとなにか話している。しかも、二人揃ってニヤリとした顔になっているし！

いったいなにを教えたの、ライゾウさん！

「頼むな、ラズ。これはリンを護るためだ」

〈わかった！〉

「ちょっと、ライゾウさん！　いったいラズになにを教えたんですか！」

「〈秘密！〉」

秘密としか言ってくれず、それ以上教えてはくれなかった。

なんだろう？　気になる～！

結局それがわかるのは、後日のことだった。それまでの数日間、私はもやもやしたまま過ごす羽目になったのだ。

次の二週間の休みはいつごろだろうと考えていたら、ゴルドさんがお知らせを持ってきた。

「二週間後から休みになる。頼むな」

「わかりました」

休みの日程を聞いて、尚且つ紙に書かれたものをもらったので、壁やカウンター、看板に貼り付ける。

もちろん口頭でも伝える。

休みはなにをするかまだ決めていないけど、まだ二週間ある。ダンジョンに潜るか、近場に旅行でもよさそう！

そこはきっとエアハルトさんがまたなにか計画してそうだから、あとで聞こう。ガウティーノ家にも婚約したことを話さないといけないから、その休みで行くかもしれないし。

あと、グレイさんとユーリアさんにも知らせないとね。そこはまたエアハルトさんと相談しよう。

一応神様たちにも報告したほうがいいかなあ……と思い、朝から教会に行く。忙しかったら呼ばれないだろうと思っていたら、いつもの空間に来た。

ただ、アントス様のお顔がとても疲れている。うーん……これは甘いものが必要かも。

「おはようございます、アントス様」

「おはよう。今日はどうしたの？」

「個人的なご報告と、他のところのスタンピードが気になって……」

「そうだね……スタンピードの件はリンに手伝ってもらったし、話しても大丈夫かな」

本来ならば、ルールがあるから話せない場合もあるけど、今回はアントス様を手伝った関係で、進捗《しんちょく》状況を教えてくれるという。

まずは、改めてエアハルトさんと婚約したことを伝えると、アントス様は嬉しそうな顔をしておめでとうと言ってくれる。アマテラス様やツクヨミ様にも伝えてくれるというので、お願いした。もちろん、神棚にお供えして祈ったときに報告もしているけど、できればまた今度お会いできたときに直接伝えたい。

婚約の報告が終わったところで、今度はスタンピードの話をする。

アントス様が空間を撫でるように手を下から上に上げると、そこに地図が出た。大きなモニターに世界地図が映っているような見た目だ。

大陸が五つ。中央に大きな大陸と、そこを中心にして、東西南北に中央大陸よりも一回り小さい大陸がある。途中に小さな島々があったりして、見ていて面白い。

「この真ん中にある大きな大陸が、リンが今いるところだよ。アイデクセは中央大陸のど真ん中にある」

「へぇ～。とても大きな大陸なんですね」

「うん。アイデクセも大きな国だよ」

中央から見て北側に山脈があり、そこが国境になっているみたい。

「ドラールはどこですか？」

「この海沿いだね。南西の位置になる。その関係で、西大陸や南大陸と交流があるんだ」

「なるほど～」

ヨシキさんたちがいたドラールは、南西方向にあった。海岸線に沿って、ピーナッツやマカダミアナッツみたいな、楕円形の国だ。

他にも、アイデクセを中心にしてぐるっと国がある。

そのどれもがアイデクセよりも小さい。大きさ的に対抗しうるのはドラールと、東側にある国、山脈に隔てられている北側の国だった。だけど、どの国も戦争などしていなくて、自国にないものを交換という形で輸出入しているくらい、仲がいいんだそうだ。

もちろんそれは、小さな国々にもいえるという。

「アイデクセの状態は知っているだろうから省くけれど、中央大陸に関しては、スタンピードの危険はなくなったよ」

「わ～！　よかったです！　コアの破壊も済んでいるんですか？」

「破壊されたところもあるし、ダンジョンマスターだけのところもある。ダンジョンマスターさえ倒してしまえば、数年から数十年放置しても大丈夫。けれど、いずれはコアが別のマスターを探してしまうから、常に攻略したほうがいいんだ」

「なるほど」

アントス様いわく、私が住んでいる王都のダンジョンはすべてコアが破壊されたという。ただ、長い年月の間に新たなダンジョンができることもあるから、安心はできないんだって。

中央大陸を皮切りに、スタンピードの危険が去った順に教えてくれるアントス様。

南、東、西大陸は、概ねスタンピードの危険は去ったそうだ。

だけど、北大陸だけは相変わらず酷いことになっていて、配ったポーションも私利私欲に使ってしまったらしい。

中でも二千年前まで召喚ばかりしていた国が一番酷くて、すぐにでもスタンピードが起きそうな状況なんだとか。

召喚することができなくなってすでに二千年も経っているのに、未だに当時と同じような生活をしていたり、召喚魔法を開発しようとしたりしているらしい。

そんなことばかりしているから国自体も発展していない。それどころか停滞していたり、緩やかに衰退し始めているらしい。つまり、現実を見ない、お花畑思考の人ばかりだそうだ。

とはいえ、再び召喚するようなことをアントス様が許すはずもなく、召喚魔法に繋がるような資料や文献などは、すべて没収したという。記憶の改ざんもしたんだとか。

失礼な言い方だけど……やればできるじゃん、アントス様。

そんな国だから他人任せにしてきた分騎士も冒険者も弱い。

しかも、Aランク以上はお金で買った名誉職みたいになっているせいで、中級ダンジョン以上の魔物を倒せる人がいないらしい。

北大陸はそんな状態の国が多く、「この国の新人冒険者よりも弱いんだから、困ったものだ」と、アントス様が溜息をついている。

おおう……

「もともと僕の話を聞きもしないからねぇ……。真面目に攻略したのは、北大陸でも南側の半分だけだよ」

「中央や東と西の大陸に近いところですか？」

「当たり。この部分の国々は、他の大陸にある国と交流があるからね。それに一度はスタンピードの被害に遭っているからなのか、すぐ攻略にのり出した。だけど、北側の国々がねぇ……」

そう言ってまた溜息をつくアントス様。

ただでさえ北にある国々だから、寒さが厳しく、食料などが乏しい。だからこそ、それを補うためにダンジョンがあるというのに、なにも対策をしていない国ほど貴族や王族が腐っていて、私腹を肥やしているという。

しかも、主神であるアントス様の忠告を無視し、ポーションを戦争に使うなどしているから、神酒《ソーマ》は渡さなかったそうだ。

「エリクサーはどうしたんですか？」

「リンが作ったレベルが一番低いものを渡したけれど、数は他国の半分以下にしたよ。そうじゃないと、すぐに戦争に使ってしまうから」

「うわあ……」

それほどにダメな国ばかりで、下手に神酒《ソーマ》を与えようものなら、怪我を治してまた戦争をする可能性があるんだって。だからこそ神酒《ソーマ》を渡さなかったし、エリクサーも他国に渡した半分以下の本数にしたそうだ。

「それもあって、リンにお願いがあるんだ。お願いというより依頼かな」

「どんな依頼ですか？　私にできることなんて、ほとんどないですよ？」

「ふふ、そんなことはないでしょう？　まあ依頼はポーションを作ってほしいということなんだ」

「ポーションですか」

アントス様いわく、レベル一のポーションとＭＰポーションを作ってほしいそうだ。しかも、一回に作れる量だけ。つまり、三十本ずつ。

「北大陸の薬師は、レベル一しか作れないからね。ハイ系すら作れないんだから、どうしようもない」

「それは全部の国ですか？」

「腐っている国に限る、かな。スタンピードを阻止しつつある国々は、ハイ系と万能薬が作れる薬師がいるんだ」

それなのに、どうして他の国々はダメなのか……と、溜息をつきながら、ぼやくアントス様。

ハイ系が作れるのは人族とエルフ族の薬師数人で、彼らはポーションならレベル四、ハイ系と万能薬ならレベル二まで作れる、凄腕の薬師だそうだ。

そんな彼らを慕って、薬師になりたい人々が集まっているという。

そういう人たちがいる一方で、向上心もなく、作ったポーションを薄めて売っている薬師もいるという。

まあ、【アナライズ】ですぐにバレるから誰も買わず、廃業に追い込まれるという悪循環らしい。

それを聞いて、なにをやっているんだろう……と、遠い目になった。

まあ、そんな北大陸の現状にアントス様が胸を痛めている……なんてことはなく。

まともな国々以外は、しっかり滅ぼすことに決めたそうだ。真面目に働いている者以外は老若男女、赤子だろうと子どもだろうと関係なく滅ぼすと。

今回私が作るポーションは、真面目に働いている人々に渡されるのかな。

せめて赤子や小さな子くらいは……と思うけど、神様の警告を無視してスタンピードを防ぐことをせず、戦争をしているんだから、仕方がないのかもしれない。

神はある意味平等で、無慈悲だ。

失敗ばかりしているイメージしかないけど、初めてアントス様を怖いと思った瞬間だった。

その後、まったりとお茶していると、アマテラス様とツクヨミ様がいらっしゃったので、一緒にお茶会。その場でエアハルトさんと婚約したことを報告すると、アマテラス様もツクヨミ様も祝福してくださった。

その流れで二柱にからかわれているとスサノオ様もいらっしゃった。同じく婚約したことを話したら祝福してくださったんだけど、すぐにいつも通りの戦闘訓練となり……

〈ラズはこれで、アントス様を引っかくね！〉

「は？」

触手を出して持ったのは、ライゾウさんに作ってもらった熊手《くまで》。それをふたつ出し、アントス様を引っかくラズ。

「ど、どうして！」

〈リンを巻き込んだからに決まってるでしょ！　なにも言わなかったけど、ラズたちはずっと怒っていたんだから！〉

〈そうだな。それは我らも一緒だ！〉

「ええ～!?」

「あらあら。まあ、主人を自分勝手に使ったうえに、コピーの存在を忘れていたものね、アントスは」

アマテラス様とツクヨミ様の話に、顔を引きつらせるアントス様。

結局は従魔たちと眷族たちに齧られたり引っかかれたり突かれたりして、全身が傷だらけになっていた。

そこで思い出したのは、ライゾウさんとラズのやり取りだ。

これはライゾウさんの入れ知恵だよねぇ……と遠い目になりつつ、内心で溜息をつく。

しばらくアントス様と戦闘をしてスッキリしたのか、機嫌よくお菓子を頬張るみんな。

本来ならば、神様を殴ったりするなんて罰当たりな行為なんだけどなあ……

だけど、アントス様はそういったことに対し、一度として怒ったり罰を与えたりしたことはない。

特別に贔屓《ひいき》はされていないけど、相当気に入られているんだろうなあ、と感じることができた。

またお菓子を持ってこようと考えつつ、教会に戻してもらう。

「さて、今日も一日、頑張りますか！　今日の店番は誰かな？」

〈ラズとスミレ！　あと、ベルデとアビー、ペイルだよ〉

「わかった。帰ったらよろしくね」

〈〈〈〈はーい！〉〉〉〉

元気な返事を聞いたあと、家に向かう。

そして朝ご飯をすませたあと、開店準備をして店を開けた。

異世界に来て一年以上。
変わらない日々に感謝です！

Regina COMICS
転移先は薬師が少ない世界でした
1
［原作］饕餮
［漫画］夏野はるお
待望のコミカライズ！
大好評発売中！
勤め先が倒産し、職を失った優衣《ゆい》。そんなある日、神様のミスで異世界に転移し、帰れなくなってしまう。仕方がなくこの世界で生きることを決めた優衣は、神様におすすめされた職業“薬師”になることに。スキルを教えてもらい、いざ地上へ！　定住先を求めて旅を始めたけれど、神様お墨付きのスキルは想像以上で——!?
アルファポリスWebサイトにて好評連載中！
強制転移のお詫びでも…
神様！この調薬スキルはチートすぎます…!!
アルファポリス 漫画
検索
ISBN978-4-434-29287-3
B6判 定価：748円（10%税込）

{原作} ナカノムラアヤスケ
{漫画} 文月路亜
RC Regina COMICS
転生ババアは見過ごせない！
元悪徳女帝の二周目ライフ
1
アルファポリスWebサイトにて好評連載中!!!
待望のコミカライズ!!
大好評発売中！
恐怖政治により、国を治めていたラウラリス・エルダヌス。彼女の人生は、勇者に討たれ幕を閉じた。——はずが、三百年後、少女の姿で元女帝が大復活!? 自らの死をもって世界に平和をもたらしたラウラリスを称え、神様が人生やり直しのチャンスをくれたらしい。第二の人生は平穏気ままに暮らしたいが、いつの世にも悪い奴らはいるもので……
{原作} ナカノムラアヤスケ
{漫画} 文月路亜
転生ババアは見過ごせない！ 1
元悪徳女帝の二周目ライフ
元悪徳女帝が少女に転生!?
悪党を薙ぎ払う最凶少女、降臨!!
アルファポリス 漫画 検索
ISBN：978-4-434-29747-2
B6判／各定価：748円（10%税込）

Regina COMICS
アルファポリス
Webサイトにて
好評連載中！
原作 園宮りおん
漫画 上原 誠
元獣医の令嬢は
婚約破棄されましたが、
もふもふたちに
大人気です！
1〜2
元獣医の動物オタク転生ファンタジー
待望のコミカライズ！
公爵令嬢・ルナに転生した獣医の詩織《しおり》。王太子と結婚するはずが、ある日突然、婚約破棄・国外追放されてしまう！　だけど見たこともない動物のいる世界で彼らに会うことをずっと夢見ていたルナは、もふもふに出会う旅に出られるとウキウキ！　そして訪れた獣人の国で、動物を犠牲に私腹を肥やす悪党がいることを知ったルナ。「もふもふを傷つける奴は許さない！」とチートスキルをフル活用して事件解決に動き出し――？
異世界はトラブルだらけ!?
もふもふ&獣人たちと
不思議な力でざまあします！
大好評発売中！
＊B6判　＊各定価：748円（10%税込）
アルファポリス 漫画　検索

原作 波湖 真
Makoto Namiko
漫画 青神香月
Kaduki Aogami
1
Moumoku no Koushakureijo ni Tensei simasita
RC Regina COMICS
盲目の公爵令嬢に転生しました
大好評発売中!

悪役令嬢もシナリオも
"設定"見えないので
自由に生きます
お騒がせ令嬢の波乱万丈ファンタジー!

RC
Regina COMICS
アルファポリスWebサイトにて好評連載中！
転生令嬢は庶民の味に飢えている 1〜3
原作✦柚木原みやこ
Miyako Yukihara
漫画✦住吉文子
Yukiko Sumiyoshi
大好評発売中！
待望のコミカライズ！
公爵令嬢のクリステアは、ある物を食べたことをきっかけに自分の前世が日本人のOLだったことを思い出す。それまで令嬢として何不自由ない生活を送ってきたけれど、記憶が戻ってからというもの、「日本の料理が食べたい！」という気持ちが止まらない！　とうとう自ら食材を探して料理を作ることに！　けれど、庶民の味を楽しむ彼女に「悪食《あくじき》令嬢」というよからぬ噂が立ち始めて——？
＊B6判　＊各定価：748円（10%税込）
転生令嬢は庶民の味に飢えている 3
粉もん　おせち　焼肉丼…
なつかしの味でお腹、満タン!!
描き下ろし番外編17P
アルファポリス
アルファポリス 漫画　検索

この作品に対する皆様のご意見・ご感想をお待ちしております。

おハガキ・お手紙は以下の宛先にお送りください。

【宛先】

〒150-6008 東京都渋谷区恵比寿 4-20-3 恵比寿ｶﾞｰﾃﾞﾝﾌﾟﾚｲｽﾀﾜｰ 8F
（株）アルファポリス　書籍感想係

メールフォームでのご意見・ご感想は右のＱＲコードから、
あるいは以下のワードで検索をかけてください。

アルファポリス　書籍の感想　検索

ご感想はこちらから

本書は、「アルファポリス」（https://www.alphapolis.co.jp/）に掲載されていたものを、改稿のうえ、書籍化したものです。

転移先《てんいさき》は薬師《くすし》が少《すく》ない世界《せかい》でした6

饕餮（とうてつ）

2021年 12月 31日初版発行

編集－加藤美侑・森順子
編集長－倉持真理
発行者－梶本雄介
発行所－株式会社アルファポリス
〒150-6008 東京都渋谷区恵比寿4-20-3 恵比寿ｶﾞｰﾃﾞﾝﾌﾟﾚｲｽﾀﾜｰ8F
TEL 03-6277-1601（営業） 03-6277-1602（編集）
URL https://www.alphapolis.co.jp/
発売元－株式会社星雲社（共同出版社・流通責任出版社）
〒112-0005 東京都文京区水道1-3-30
TEL 03-3868-3275
装丁・本文イラスト－藻
装丁デザイン－AFTERGLOW
（レーベルフォーマットデザイン―ansyyqdesign）
印刷－中央精版印刷株式会社

価格はカバーに表示されてあります。

落丁乱丁の場合はアルファポリスまでご連絡ください。

送料は小社負担でお取り替えします。


ISBN978-4-434-29754-0 C0093